王朝びとの恋

西村 亨【著】
Nishimura Tōru

大修館書店

王朝びとの恋　目次

序の章　見ずに始まる恋

王朝びとの恋の境遇

王朝びとの恋は相手の顔も見ないで始まることが多い。

男女が相手の顔も知らないで結婚することは、近世や近代にもなかったことではない。親の決めた相手の顔を婚礼の席で初めて見たとか、移民として遠く海外に移住した一家との間に手紙の遣り取りだけで話が決まって、単身夫となる人のもとへ渡航していったというような話は、ごく最近まで世間話の種としていくらも語られていた。少なくとも、昭和の初期、戦前の社会に生活したわれわれの耳には、そういう話のいくつかを聞かされた記憶がある。そんな極端な形の結婚があることには驚異の念を覚えはしたものの、これから述べようとする王朝びとの恋の生活は、それらとはまた相当の距離を持ったものだ。少なくとも、王朝びとの場合、まず相手の顔を見ることなく「恋」が始まるのだった。

今日王朝びとの生活の記録が残っているのは当時の貴族階級の生活が中心だから、これから述べるところも社会の上層部の生活が対象になるのだが、貴族の家の娘の結婚は個人の問題であるよりは、はるかに重く家の問題なのだった。極端な例で言えば、上流貴族の娘には天皇との結婚という課題が課せられていた。天皇の妻たり得るのは大臣家、あるいは親王家の娘、少なくとも大納言程度の家柄でなくては選択の対象になり得なかった。だから、そういう資格を持つ貴族の家で女の子が生まれ育てば、いわば大切な財産のようなもので、将来天皇や東宮の結婚の対象になることに大きな期待がかけられる。むしろ、積極的にそうあることを望んで、万全の準備にかかるのだった。

父母はもちろん、周辺にある家庭の全員が総力を挙げて娘の養育に当る。しかるべき乳母（めのと）を選び、優れた教養や作法を身に付けた女房たちを召し集めて、着るもの、食べるもの、見るもの、聞くもの、触れるもののすべてに最上級のものを選び、挙措動作の端々に至るまで美しく、優雅に、非の打ちどころのない女性に育つよう最善を尽す。文筆・音楽に才のある女房なども縁故を尋ねて召し寄せ、和歌の道、音楽の技、書画その他の趣味などにも通ぜぬところのないよう、りっぱに育て上げて、それと並行して宿望実現のための政治的・社交的な画策にも手段を尽すのだった。

もちろん、貴族の娘たちの結婚は后妃となるばかりがすべてではない。それ以外にも、優れた娘は一家のために繁栄の基を築いてくれるなど、大事な存在だ。娘の結婚を通じて権勢を持つ有力な家筋と縁を結び、あるいは思わぬ娘の良縁から福運がもたらされる。だから娘の結婚は本人や家族の命運に関わっているのであり、周囲の貴族社会の注目をも集めている。どこの家にどんな娘がいるかということは貴族社会全体の関心の的だった。それが王朝社会の最上級の階層の結婚の特色で、娘を持つ家では、娘の将来の結婚という一事に神経を集中していたのだ。

若い男たちが家柄のいい美しい娘、性格や教養・趣味などに秀でている娘に関心を持つことはいつの時代にも変りがない。そういう娘の存在を知ればなんとか接近する手蔓を求めて縁故を生じ、消息の遣り取りをするように手順を進めてゆく。贈り物をしたり、折節につけて和歌の贈答をしたり、それらに託して思慕の心を寄せていることを知らせる。そうして最後には結婚へと話を進めるのが一般の方法で、男の側の苦労はもっぱらその点に集中する。しかし、これまたいつの時代でも同じことだが、いい娘を持つ家が、その娘を若い男たちの欲望の前に野放しにしておくことはない。ことに王朝の貴族の家では娘の担う価値が大きいだけに、警戒もまた厳しかった。貴族の邸は四面に築地塀を廻らし、いくつかの門には警護の人を配している。誰でもが漫然と入って行けるものではない。当然、その家と交際がなければならないし、客として訪れるか、さもなければよほど特別な手段を講じなければ、娘のもとに近寄ることはできないはずだ。

娘が起居するのは寝殿造りの家ならば、西の対であることが多かった。中央の正殿である寝殿は、本来は高貴な客を迎える場合の聖なる空間として、平素は空けておくのが本当らしいのだが、生活の実際となると、それだけ広い空間を遊ばせておくわけにもゆかないだろう。源氏物語を読んでみても、光源氏が女御となった娘のために寝殿の東半分を、朱雀院の上皇から話が出て自身の妻となった女三の宮（さんのみや。「女」の字は男女の区別のために添えた）のためにその西半分を当てたというように、家族の中でも特に身分ある人をそこに住ませている。そういうことが多かったようだ。寝殿も実際には住居として利用することが一般だったと見ていいだろう。しかし、未婚の娘たちが住むのは寝殿ではない。西の対に住ませるのがまず普通だったと思われる。伊勢物語の第四

段に、

昔、東五条に、大后《おほきさい》の宮のおはしましける、西の対に住む人ありけり。

という書き出しで女主人公を紹介しているのも、大后の一族の中で未婚の娘の住み所として西の対が割り当てられているので、その娘に好意を持った男との恋の話がそこから始まっている。

見ぬ恋つくる玉すだれ

男が客としてなり、所要あってなり、娘の住む家に入ったとして、運よく西の対に近づいたとしても、すぐに娘に出会ったり、その姿を見ることができるわけではない。貴族の邸内には人も多いし、ことに娘の周辺には大勢の女房たちが侍っている。それらの人目をくぐって娘の居所に近づくのは容易でない。そればかりでなく、娘の存在を不用意に人目にさらすことのないよう、幾段もの用意がなされている。夜間はもちろん格子を降ろし懸け金をかけてあるし、昼間格子を上げてある場合にも、御簾（みす。貴族の家に用いる簾）を垂れて内部があらわに見えないようになっている。さらにその内側には几帳《きちょう》（木の台に二本の柱を立て、横木を渡して帷子《かたびら》を懸けた道具）を置き、そのほか屏風や障子（今日の襖障子に当るが、衝立《ついたて》も障子と呼ばれる）など、視線をさえぎる各種の設備がある。ことに、几帳の中でも三尺の几帳という小型のものは女性の力でもすぐに引き寄せられるから、いつも身辺に置いてあって、その蔭に身を隠すように生活している。今日から考えればずいぶん窮屈な暮らしぶりだが、当時の女性は、女性自身も、周辺も、常にそれだけの警戒を怠らなかったのだ。

芭蕉の句に、

紅梅や見ぬ恋つくる玉すだれ（元禄二年・其木枯）

という一句がある。「玉すだれ」は言うまでもなく簾の美称で、御簾と言ってもいいのだが、玉すだれということばからは最上の美を尽した御殿が連想される。その奥に暮らすのも最高級の女性で、まず宮廷生活などを頭において描いたものだろう。この句は、その女性の住むあたりに紅梅が咲き匂っているところを描写したもので、いかにもまだ見たことのない人の存在に心をときめかせている若い公達（きんだち。公家の公子）の心持ちを彷彿とさせるが、貴族の邸の西の対などにも、だいたい主人公の座る位置は決まっていて、その目の向くあたりに梅や桜など花の木の姿の優れたのを植えるのが通例になっている。梅なら紅梅、濃いにせよ、薄いにせよ、白梅より紅梅を愛したのが王朝の好みで、枕草子にもそう記されている。この句は、紅梅と若い女性との取り合わせが絶妙で、芭蕉の手腕の程を思わせるが、玉すだれのその奥に、さらに几帳や屏風に囲まれて美しい人がいる。もちろん、その人については噂に聞いている。美しさ、才能、エピソードなど、いろいろ知識を持って想像するのだから、見たことのない相手でも十分恋の対象となり得るのだ。和歌の上では何々の恋というのが題詠の題として決まっていて、「忍ぶる恋」「初めて言《こと》に出づる恋」「近隣の恋」「旅宿《りょしゅく》の恋」などいろいろ恋の境遇を想像に浮べて和歌に詠むことを試みているが、「見ぬ恋」などは最も普通の、王朝時代としては少しも珍しくない境遇だった。

「見ぬ恋」は男の側から言うことばだった。女性の側はと言うと、こちらは若い男たちの顔や姿を見る機会が少ないながらないわけではなかった。貴族の若い女性が外出する機会はさほどにたくさんあるのではないが、それでもいくつかの機会がある。その重要なひとつに「物見」ということがある。今日のことばで言えば見物のための外出ということだけれども、たとえば、賀茂の祭りに斎院が禊ぎに出かける行列には、上達部（かんだちめ。上流の公家たち）や殿上人（てんじょうびと。より下位の、あるいは若年の公家たち）が宮廷の命を受けてたくさん供奉して威儀を整える。美しく着飾った若い公家などはいわばスターのような存在で、この時代は男もこんな場合には化粧をする。こういう機会にその姿を見ておこうというので、都の内外から、中には地方の国から、大勢の見物が沿道に詰めかける。あるいは桟敷を組んだり、物見車を連ねたり、それぞれの階級に相応の準備をして行事を楽しむのだが、それらの中には貴族の家族たちの一行もあって、こちらも十分に着飾って、人目を引くだけの行装を整えている。こういう際には「出だし衣（いだしぎぬ）」と言って、牛車などの簾の下から女房や女童（めのわらは。未成年の侍女）の衣服の袖口や裾などの一部を出しているから、目を引くはなやかさで、あれはどこの誰の一行だということはすぐ分かる。つまり物見に来た側も十分見られることを意識して出てくるのだ。だから、馬上の公家なども、それと思われる見物の前ではそれなりの心構えをもって、そちらに会釈して通り過ぎたりする。

若い貴族の姫君などもこうして物見に出て、簾の奥から胸をときめかせながら前を通り過ぎて行く公家たちの姿に目を止めている。かたわらの女房たちがあれは誰、どこのお邸の若君だなどと噂をするし、男ぶりのよしあしなどもおのずから話題になる。どんな家筋の息子だとか、最近どんなエピソードがあったとか、どこの姫君との間に恋の進展があるなどと、男たちについての情報は自然耳に入ってくる。こういう大小の物見は宮廷行事のほかに、貴族の家の個人的な催しもあるから、娘たちのためには、さほどに頻繁でないまでも、若い男たちを見たり、知ったりする機会は相応にあったと言えるだろう。

女房の存在とその機能

さて、若い娘と男たちの間にあって、両者を媒介する重要なはたらきをしたのは女房という階級だった。当時の社会には、宮廷に仕える女房たち、貴族の家に仕える女房たちなど、大勢の女房がいて、女房どうしの間には始終情報が交換され、伝達され、時には貴族の家双方の間に立って媒介の任に応じたりする者もいる。

女房という語はもともと女性の部屋を意味したことばで、それに対応する男房（なんぼう）ということばもあった。女部屋に住んでいる連中というくらいの意味で女房たち・女房仲間を呼んだのが、広く役目を持った女性たちを指すようになったのだ。宮廷で言えば、上は后妃から下は雑役に任ずる女たちまで、広く言えばみな女房で、だから女性たちが主催する歌合の競技などは「女房歌合」と呼ばれている。それが狭義には、宮廷で天皇や后妃たちの側近く御用を勤める女たち、貴族の家庭では家族の生活の世話や事務をつかさどる女たち、時には家庭教師格で子女の教育に当る女たちの称呼となった。平安朝の文学がこの女房階級によって隆盛をきたし、それらの中から才能優れた何人かの筆になる文学作品群を生み出したので、特に「女房文学」の名をもって呼ばれているのは周知のとおりだ。

ひとくちに女房と呼ばれる人々の中にも、高低さまざまあって、父がかつて大納言だったというような高位の女房が客分のような形で大貴族の家に仕えていたり、主人家の親戚筋に当る女性などが今繁栄を極めているその家の女房として住み込んでいるなど、いろいろなケースがある。

しかし、宮廷や大貴族に仕えている女房の中心となったのは国の守（かみ。長官）や介（すけ。次官）として地方に赴任する、いわゆる受領（ずりょう）階級の娘たちだ。大和とか上総・讃岐など、地方の国の名を女房名として呼ばれる者が多いのはそれに因っている。父が地方官としてその国に縁が深かった、あるいは、任国にある赴任中に娘が出仕するようになったなどの事情から付けられた呼び名だ。父が地方官でなくて、同じ程度の京官（中央の役人）だった場合には、少納言とか式部というような父の官名で呼ばれることが多い。たとえば、父が少納言で、姓が清原氏だったら、その一字をとって清少納言となり、あるいは父が式部の丞で藤原氏だったならば、同様に藤式部と呼ばれるわけだ。宮廷に出仕している女房の場合は役人としての所属があるから、肥後の采女（うねめ）とか何々の命婦（みょうぶ）・宣旨（せんじ）というような職名をもって呼ばれる。この種の下級貴族の娘たちが家筋や役職、あるいは縁故などの関係をたどって権門勢家の女房として仕えることになる。王朝の貴族社会のある側面はこれらの女房たちの活動によって支えられていた。

女房はおのずから一家にとって親しい家、庇護を受けているとか上役であるとか、恩義のある家に仕えることが多い。しかし、人間関係は複雑に入り組んでいるから、必ずしも単純に整理されているわけではない。同じ姉妹でも、姉はAの貴族の家に、妹はBの貴族の家に仕えるというようなこともある。母がかつてある邸の若君の乳母（めのと）であった場合でも、娘たちは別の邸の女房として出仕するということもあり得たわけだ。だから、姉妹が里に戻ってきたような機会には、たがいの主家でのできごとやいろいろな内情など情報を交換し合うから、貴族社会のできごとはすぐに噂となって知れ渡ってしまう。主家に戻った女房は話のついでに仕入れてきた話の種を披露もするだろうし、手柄顔に某家の内密な話など報告することもある。そういう情報をもたらすことが女房としての評価に関わることもあるし、それによって報酬を受けることもある。情報に通じている女房ほど主家での羽振りがいいことになる。

そういう利害関係などを含めて、女房の存在は貴族の家庭に重要な意味を持ち、またその種の関係は貴族社会全体に網の目のように張りめぐらされているのだから、それを通じて家どうしの交渉がなされたり、縁談が進められたりするのは通例のことだった。

だから、男がこれという娘の存在に心を留めたならば、まずその姫君の側近の女房に手蔓を求める。源氏物語では、光源氏の邸に近頃玉鬘という娘が引き取られて、これがなかなかいい娘だそうだなどという噂が広まるところがある。すると、男たちはまずその周辺の女房に縁故はないか、つてをたどって捜してくる。髯黒の大将は弁のおもとを、内大臣家の中将は若女房のみるこを、蛍兵部卿の宮は誰それをというふうに、それぞれ姫君との間の連絡係りになる女房を捜し出し、物など与えて自分の側に引き込んでしまう。そして、その女房の口から姫君周辺の情報を聞き、また姫君に当てた消息などをその女房を介して届けさせる。女房の力量次第で恋が成りもすれば、成らずに終ることにもなる。事実、この場合は弁のおもとの働きで髯黒の大将が玉鬘を獲得することに成功する。

男女の仲を取り持つ女房

女房の働きは、姫君の生涯の運不運にまで関わることがある。同じく源氏物語に現れる例だが、「末摘花」の巻に登場する大輔の命婦（たゆうのみょうぶ。命婦は五位以上の女官）という女房はその呼び名からも分かるとおり、表向きは宮廷の女役人として仕えているのだが、母が光源氏の乳母のひとりだったので、光源氏成長の後も親しい関係者として身辺に接している。ところが母が父と別れて、今は筑前の守の妻になって九州へ行ってしまったので、一応父の家を里としてはいるが、そこには父の後妻、継母に当る人がいるので、住み心地がよくない。父の兵部の大輔はかつては亡くなった常陸の宮家に仕えていた人なので、娘も宮家に親しく、今も忘れ形見として残されている姫君に親しんで、そちらにも出入りしている。宮の御殿には局（つぼね。個人的な控え室）などもいただいているから、宮家にあっては姫君の腹心の女房といった格なのだ。こういう、複数の貴族の家に出入りしている女房も珍しくなかったらしい。

ところが、常陸の宮家では親王が亡くなって後、多少の遺産もあったではあろうけれど、はかばかしく後見をする人がいないために、経済的に逼迫して、姫君ひとりが琴の演奏などに心を慰めながら日を送っていた。こんなところに、たとえば光源氏のような貴公子が通うようになったなら、邸全体がどれほどかはなやぐことだろうし、姫君はもちろん、周囲の女房たちの生活も潤うに違いない。そんなひそかな計算があって、大輔の命婦は姫君のことを多少の潤色を交えて光源氏に話すのだ。かつて世にときめいていた親王様の娘が世間に忘れられたようになって、琴を相手として寂しく日を送っている。命婦の話にロマンチックな空想をそそられた光源氏は、その琴の演奏を聞いてみたいから、おれを一度案内しろと命婦に言い迫る。さんざんじらしたあげく、命婦は自分の局まで光源氏を来させておいて、自分は御前に出て姫君に琴を聞かせていただきたいと所望する。それもほどほどの程度にして、今日はもう止めておきましょうなどと言って、御前を下がってくる。果たせるかな、光源氏は琴の音にも姫君にも心を残してその夜は帰ってゆくのだった。

こんなテクニックを弄して巧みに光源氏の心をそそり立てておいて、一方、姫君には光源氏が熱心に交際を望んでいると告げる。ことば巧みに仲をとりもって、とうとう光源氏自身が姫君のもとに訪れるという段取りをつける。男女の間に立つ女房はその程度の狡さ、巧みさはたいてい持ち合わせていただろう。源氏様が大変熱心に、御自身で訪ねてくるとおっしゃいます。あんなに熱心におっしゃるのですから、せめて障子越しにでも話をお聞きにならなくてはと持ちかける。世間ずれしていない姫君は何を話したらいいかなどと尻込みするが、ただおっしゃることを聞いていればいいのです、障子にはしっかり懸け金をかけておきますからねと言って、ふたりの席を用意する。光源氏のほうには、身分あるお姫様なのですから、乱暴な扱いをなさってはいけませんよ、と釘をさしておいて、ふたりを障子越しに向い合わせる。光源氏は得意の弁舌で姫君の心を引くよういろいろ話しかけてみるのだけれども、口の重い姫君からは一向に返事が返ってこない。これはおれをばかにしているのか、それとも別の男でもいるのかと、少しむかっ腹を立てた光源氏はすっと障子を押し開けて姫君の傍まで入り込んでしまう。物語の本文では、命婦は源氏様は乱暴はしないとおっしゃったのに、まあ、なんの心用意もない姫君がお気の毒になどとつぶやきながら、するりと抜けて、自分は局に下がってしまった、と書かれている。しかし、懸け金をしっかりかけたのは命婦のはずで、そう言いながら故意に外しておいたのも命婦に違いない。作者は命婦と一緒になって、姫君と読者を欺いているのだ。女房の中にはこういうしたたか者もたくさんいたと思っていいだろう。

　こうして光源氏の恋の対象のひとりとなったこの姫君が「末摘花」と呼ばれる人だが、猪首で胴長で、顔は抜けるほど色が白いのは結構なのだが、鼻の先が象のように垂れ下がっていて、しかもその先端が末摘花（すゑつむはな。紅花）のように赤いという大変な醜女だった。大輔の命婦も面と向って姫君の容貌を見知っていたわけではないけれども、月影で見た横顔などからあるいはくらいの想像はしていたに違いない。しかし、男女の仲を取り持つ女房としては、そこまで責任をもたなくてもというくらいの気持ちだろう。光源氏はこの段階ではまだ姫君の顔を見ていない。この後何度か通うようになっても、明るいところで逢うことはないので、暗闇の手探りではなにやら得心のゆかないところがあって、不審を抱き続けている。そこで、ある雪の朝、一計を案じて、雪景色を御覧なさいというのを口実に、姫君を端近くへ誘い出す。そして、尻目に観察してみて唖然となるのだが、当時の読者が腹を抱えて笑った箇所だろう。源氏物語の中でも喜劇性に富んだ出色の一場面だ。

この話のように、男女の間に実質的に夫婦としての生活が始まっていてさえ、男は女の顔を見ていないことがある。なにしろ結婚の最初は、夜になってから男が訪れ、朝は暗いうちに帰らなければならない。結婚が公に認められて、男が昼も留まっているようになって、初めてゆっくりと妻の顔を見ることになるのだ。

情報の伝達と恋の芽生え

もうひとつ源氏物語から、女房の情報の網の目がどれほど当時の社会にあって有効な働きをし、またいかにそれが恋の芽生えを生み出し育てたか、実感に富んだ例を挙げてみたい。

光源氏の晩年に嫡妻として降嫁した女三の宮に、若い時分の光源氏の親友であり、今では社会を代表するそれぞれ大きな家の主となっている致仕の大臣（ちじのおとど。退任した大臣。物語のこのあたりでその名で呼ばれることが多い。かつての頭の中将）の嫡男である柏木（かしはぎ。右衛門督。一般にも、衛府関係者を呼ぶことのある呼称）が恋をし、ついに密通に至るという大きな事件が描かれている。「若菜上・下」「柏木」の巻にわたる、源氏物語第二部の核心となる筋立てだが、この事件を成り立たせた基本的な条件には、女三の宮と柏木の中間に立つある女房の血族が大きな働きを果している。

大貴族には複数の乳母がいたようで、その中にも親疎の別があっただろうが、女三の宮の乳母の中では、侍従の乳母と呼ばれている人が、姫君成長の後もその後見役として付き添っている大事な人物だ。その娘で小侍従と呼ばれる若女房が姫君の腹心として傍近く仕えている。女三の宮は侍従の乳母の乳を小侍従と分け合って飲んだのだから、ふたりは乳兄弟ということになるが、物語の中には小侍従のことを乳主（ちぬし）というおもしろいことばで呼んだりもしている。乳母の乳の本来の権利者という意味だろう。こういう乳兄弟の間がらの主従の結び付きはひときわ強いので、特にそれが女どうしである場合、大抵は成長して後主従の関係になるから、親密さは一層のものとなる。このふたりの場合もその例に洩れないが、世間知らずのおっとりとした女三の宮と、万事しゃきしゃきとした小侍従との関係では、ともすれば女房が姫君をリードする傾向を見せている。

侍従の乳母にはひとりの姉がいるが、この姉は致仕の大臣の家に仕えて、柏木の乳母としてその養育に当ったらしい。乳母にとっては、柏木は大事な若君で、この若君が乳の関係で言えば、小侍従とはいわばいとこどうしに相当するのだから、身分に上下はあるものの、ふたりはごく親密な間柄にあるわけだ。乳母や乳母の一族のだれかれから柏木は始終女三の宮の噂を耳にして育ってきたわけだ。柏木が思春期に達するまでに、女三の宮という偶像がその心に抜きがたい存在となっていたことが考えられる。

朱雀院が出家の決心を固めた時、最愛の娘である女三の宮をどう処置するか、女三の宮周辺の後見役たちを集めて繰り返し繰り返し相談がなされた。やはり夫となって後見の役にも当り、万事面倒を見てくれる人を選ぶのがよかろうということになったが、その人選に難航した。光源氏が昔紫の君を引き取って、立派な女性に養育し、教育して、自身の妻にした。あのように後見役を兼ねる婿の候補者はいないだろうか。あれはどうだ、彼はどうだという評議の中に、光源氏の嫡男夕霧などが最適任なのだが、最近雲居の雁と結婚したばかりでほかに気が向きそうもないとか、致仕の大臣の嫡男の柏木が将来性はあるけれども、今はまだ身分が低い、というような話も出た。あれは、これはと言い合った末に、歳は離れているけれども、光源氏自身に親代わりとなって姫君を引き受けてもらおうというところに話は決着する。それでは侍従の乳母の兄である左中弁が光源氏の邸にも出入りして信望を得ているから、この左中弁に光源氏の内意を打診してもらおうということに話が決まる。

　こういういきさつはかねて女三の宮を妻に迎えたいと望んでいた柏木の耳にすっかり聞こえて来ているに違いない。侍従の乳母という姫君の後見役が柏木の縁者なのだし、小侍従というおしゃべりな女房も、柏木が求めればいろいろ内情を話してくれたに違いない。朱雀院方の内部の動向は手に取るように分かってしまうわけだ。柏木としては、光源氏に女三の宮降嫁という結論が出たことにはがっかりせざるを得ないけれども、それでも朱雀院の自分に対する評価が悪くなかったということに、わずかな喜びと将来にかけるかすかな希望を繋ぐのだった。

女三の宮が降嫁した光源氏の六条の邸には柏木も始終出入りしている。この貴公子らしい人柄の良さを具え、音楽の才などに特に秀でている青年は光源氏も気に入っているし、息子の夕霧とは大の親友で、始終行動を共にしている。六条の院に出入りする機会も多いのだが、降嫁後一年ばかり経った春に、偶然の機会に女三の宮の姿をかいまみてしまう。女が男に顔を見せるのは父親と結婚後の夫くらいのもので、兄弟にだって、同腹でなければまずその機会はない。かねて恋しく思っており、その動静を心にかけていた女三の宮の顔や姿を見たのだから、柏木の恋はいっぺんに燃え上がる。小侍従を通じて意中を告げる文を送ったり、女三の宮の可愛がっている猫を手に入れて宮の身代わりとして身辺に置いたりして懊悩の日々を送っているが、光源氏の目の行き届いている六条の院に隙はない。

ところが、紫の上がひどく煩って、療養のために人の出入りの少ない二条の院に移るという事態が起こった。光源氏もほとんど付きっ切りでそちらに行っているので、六条の院は火の消えたように人少なになって、女三の宮の周辺にも警戒の目がゆるんでいる。柏木はせっせと文を書いては小侍従に托するのだが、もはやそれだけでは我慢がならない。なんとか姫宮に近づいて、心に思っていることを聞いていただきたい。柏木はかねてから、光源氏の姫宮に対する待遇が形式的には鄭重だが、愛情に欠けるところがあるという噂を聞き込んでいる。身分は低くても、自分なら愛情のすべてを注いで、姫宮に寂しい思いなどさせなかったのにという不満を抱いている。そんな気持ちの一端でも聞いていただきたい。小侍従に会っては頼み込むが、口に遠慮のない小侍従は御身分が違います、お諦めなさいと頭からはねつけてはいるものの、恋にやつれている柏木に、同情の心は禁じ得ない。毎度文の取次をしていたのが、とうとう隙を見出だして、賀茂の祭の前夜、斎院の求めで女房たちが駆り出されたり、見物の用意に手を取られて人少なな機会を捕えて、柏木を宮の寝所に導き入れる。

小侍従は柏木が自分の気持ちを訴えたいと言ったから姫宮の傍に導いたので、まさかそのようなことに及ぼうとは思っていなかったと言うし、柏木は皇女らしい威厳に近づくことなどできないものと思っていたのに、宮があまりにやわやわと、可愛らしい一方だったので、ついそういう成り行きになってしまった、と言う。が、ともかくことは起こって、大きな波乱へと導かれて行くのだ。

大貴族たちの使用人であり、日常生活の手足である女房に、思いがけないほど大きな力が潜在している。王朝時代の恋はもちろん恋の当事者の意思や判断が核となってはいるけれども、恋が周辺の人間の力によっても左右されるその中に、女房という存在が見過ごすことのできない要素として働いている。王朝時代の恋の特色のひとつとして見逃すことのできない事実だろう。

第一章　お行儀のいい結婚

「お行儀のいい」ということの意味

古今和歌集の恋歌の部を見ると、その最初の部分はだいたい恋の進行に伴って歌を配列しようとしている。少なくとも編集のある時期にそういう意図があったことが見えているが、その意図は完成しないで、恋歌一の巻の後半から題知らず・読人知らずの歌の大群が未整理のまま一団となっていて、秩序だっていない。しかし、冒頭の部分では、まず恋の情熱を象徴するように、

　ほととぎす鳴くや五月のあやめ草あやめも知らぬ恋もするかな（読人知らず）

の歌を最初に置いて、その次には、恋の初期の歌として、

　音にのみ菊の白露夜はおきて昼は思ひにあへず消《け》ぬべし（素性法師）

という「音に聞く恋」の歌が配されている。王朝びとの恋は男がまず女性の評判を聞いて恋心を抱き、思い焦がれるところから出発するのだった。そしてその思いは、

　白波の跡なき方に行く舟も風ぞたよりのしるべなりける（藤原勝臣）

と歌われるように、便りを送ることによって相手に達し、そこからいろいろな恋の局面が展開されてくる。が、「音に聞く」「たより」などのことばをキイワードとしているあたりでは、まだ相手の顔を見ることがない。その部分に、紀貫之作の、

世の中はかくこそありけれ吹く風の目に見ぬ人も恋しかりけれ

という歌が配されているように、見たこともない人を噂に聞き、評判に心をそそられて恋している。そういう状態が続くのだ。

本章では王朝びとの恋がどのように恋から結婚へと進むか、その順序を説明して、以下だんだんとその諸相の解明に入ってゆくつもりだが、それに先立って、本章が「お行儀のいい結婚」と称する「お行儀のいい」ということの意味を少し説明しておきたい。本書ではこれから述べるような「お行儀のいい」結婚を別に称賛しているのではない。ただ、王朝当時の人々が結婚のあり方としてそれを基準と考え、そのことに価値感を持っていたことを言おうとするに過ぎない。道徳的な評価に荷担する気持ちはまったく持っていない。

今日でも社会の一部に、あるいは人々の心のどこかの片隅に、自由な恋愛を排除して、親や目上のことばに従って結婚の相手を選ぶことが行儀のいいことだと考える、そういう思潮が見られない

わけではない。学生たちと話をしていると、「見合いですか、恋愛ですか」という質問がしばしば飛び出してくる。結婚を二分して見合い結婚と恋愛結婚という二つの方式しかないように思っている考え方に思わず苦笑させられるが、それほどこの両者が現代社会での結婚の大きな区分と考えられているのだろう。そして、それを問う背後には、やはり行儀のよしあしをどこかで判断する気持ちが潜在しているように思われる。

「不義はお家の御法度《はっと》」とされたのは歌舞伎芝居の中だけのことではない。封建社会では人間関係を統制しておくことが大切だから、恋愛の上にも自由を許すことは危険だったのだろう。忠臣蔵のお軽と勘平は人目を盗んで忍び逢っていたために「大事の場所にも居り合わさず」、勘平は不忠の臣となり、しかもお家のためと思ってしたことが案に反して、無念の死を遂げなければならなくなる。こういう社会では、不義は許されないし、恋愛は「野合」などということばで卑しめられなければならなかった。文明開化以来百数十年を経ても、いまだに社内結婚は禁止などということが公然と言われているのを耳にすると、理由の是非はともかくとして、封建社会の遺風が形を変えて生き残っていることに驚かざるを得ないのだ。

王朝時代の結婚にいわゆる見合い結婚と似たものがあることは興味深い。結婚の当事者の思惑をさしおいて、貴族の家どうしの利害や都合によって結婚が成り立つ。あるいは本人のためを思ってであるにせよ、その好悪や意向よりも親や年長者の判断を第一として話し合いが進行する。そういう場合が多いようだし、またそれが一般のこととして疑われていない。たとえば、光源氏の最初の結婚の際には、父桐壺の帝と、妻となる葵の上の父左大臣との間で話が進行して、本人たちの意向がどれほど関与したか、物語の上ではほとんど問題にされていない。

この時代、歴史上の実際にも元服が非常に早くなっていて、十一、二歳で行われることは珍しくなかったようだが、光源氏が十二歳になると、帝がそのことを決めて、紫宸殿において儀式が執り行われる。元服を初冠（うひかうぶり）と言うように、元服では男の子が初めて冠を付けることに儀式の中心があって、その冠をかぶらせる「引き入れ」の役を務めるのが儀式における最も重要な役目だった。当然、元服する当人や家と親しくて、社会的な地位・信用のある人が委嘱されるのだが、帝は光源氏の将来の後ろ盾となってくれるようにと、その役を左大臣に依頼する。左大臣のほうではさらに進んで、大切に育てているひとり娘を光源氏の妻にして一家の縁を結ぼうと、この機会に願い出て許諾を得る。元服と結婚とは結び付いていることが多く、その前提でもあったのだ。

家と家との話し合い

光源氏と葵の上との結婚はこうしてほとんど周囲の人々の意向と相談のもとに成立したので、この晩、光源氏は左大臣に伴われてその邸におもむき、結婚の生活が始まる。葵の上はこの時十六歳、婿の君より四歳の年長で、光源氏があまり若いので、「似げなく恥づかし」と思ったとある。けれども、貴族の男性の最初の結婚は年長の女性を対象とすることが多かったようで、むしろ男のほうが女の世話を受け、万事を教えられて一人前になる。そういう慣行が見られるようだ。だから、この最初の妻を「添ひ臥し」の妻という。「添ひ臥し」は母親がこどもに寄り添って抱き寝する「添い寝」と意味の近いことばで、その語感からもうかがわれるように、「添ひ臥し」の妻は男にとっては頼りにもなれば、少し煙たくもある。そういう関係にあることが普通なのだった。

光源氏と葵の上との結婚は、葵の上が高貴なひとり娘として育てられたためにプライドが高すぎて、なかなかうちとけようとせず、光源氏も左大臣初め一家の人々にあまりに大事にされて息が抜けないので、その窮屈さからしっくりとした夫婦生活を送ることが難しかった。しかし、こういう夫婦関係は光源氏と葵の上の夫婦だけのことではなかったはずだ。左大臣一家の中でただひとり光源氏が気を許せる相手だった頭の中将は右大臣の四の君を嫡妻としている。これも対立する勢力を持つ左大臣家・右大臣家両家の間で、その緊張を緩和するように姻戚関係を結んだものと見られる。物語の本文は、政略結婚を匂わせる書き方をしているが、その結果としてだろう、頭の中将はあまり四の君に熱心でなく、あちこち隠れ歩いてひそかな情事を楽しんでいる。「お行儀のいい結婚」の反面と言うべきだろう。

見合い結婚と恋愛結婚との最も根本的な相違は、見合い結婚が家と家との話し合いが優先するのに対して、恋愛結婚は個人の意志なり判断を優先させている。その相違はいつの時代、どんな社会にも存在するはずで、そのいずれに傾くかの相違があるに過ぎないだろう。王朝の貴族社会は武家社会ほど圧制的にではないようだが、特に娘の側によりよい結婚の対象を選びたいという気持ちが強く、それが上流階級に恋愛結婚が成り立つことを制約している。しかし、一夫多妻が認められている社会であることが恋愛ないしは恋愛結婚の成立を許容しているから、恋愛を不義とするほどの厳しさはない。

しかし、結婚の全体から見れば、結婚が家と家との話し合いを主として成り立つか、当人どうしの選択を主とするかの相違は、単に男女の出会いの動機の違いを問題としているに過ぎない。結婚は、

男女の出会い──→当事者の合意（契約の成立）──→婚礼（家族の承認）──→披露（世間への告知）

という段階を経て進行するが、家どうしの話し合いによる結婚は実質的に「家族の承認」が結婚しようとする「当事者の合意」に先立っており、それを形式化してしまうから、「婚礼」の意義も変質せざるを得ない。その点に大きな特徴があると言えるだろう。

結婚には、それ以外にも、男女がいつ同居を開始するか、婚舎をどこに定めるか、婚資をどちら

が負担するか、どのような形で婚礼を執り行うかなど、大きな問題となる諸点があり、それらを総合して考えると、結婚には時代により、地方により、階級によって特殊な条件が多く、実にさまざまな形態がある。

結婚の民俗の一例

熊本地方の民謡「おてもやん」は人気のある歌だから、知らない人も少ないだろうが、

おてもやん　あんたこの頃　嫁入りしたではないかいな　嫁入りしたこたしたばってん　御亭どんが菊石平《ぐじゃっぺ》だるけん　まあだ盃ゃせんだった　村役鳶役肝入りどん　あん人たちのおらすけんで　あとはどうなときゃあなろたい（以下略）

という歌詞は、おてもやんなる女性が嫁入りしたと言っているのに、まだ盃をしていないと言う。「嫁入り」は近代以後、ほとんど結婚と同義に用いられているから、結婚したのに、それに伴うはずの盃ごとをしていないというのは、解しがたいことに思われるかも知れない。

しかし、これは試験婚と呼ばれたり、民俗語彙で「足入れ」とも称せられる一種の結婚法を基盤にしているものなのだ。縁談によって契約が成立すると、女性が相手の家にある期間住み込んで、

仮の夫婦となって生活する。そして、相互にこれでよしとなったならば固めの盃をして正式の夫婦となる。もしどちらかに不満があれば、約束を解消して女性は親元に戻る。こういう結婚法なのだ。この結婚法は、男性側が嫁が気に入らなければ一方的に約束を解消できるところから、女性に傷がつくことが多く、ことに女性をテストして可否を決めるということが女性の人権を無視している、女性を侮辱するものだということから、戦後ある時期に糾弾されて、足入れ婚の行われていた地方では大問題になったものだった。

「おてもやん」に歌われているケースで愉快なのは、女のほうが婚約を破棄していることで、嫁入り(足入れ)したことはしたのだが、御亭主となる人が菊石平(ぐじゃっぺ。あばたを意味する熊本地方の方言)だったので、将来を契る盃をしないで戻って来てしまった、と言っている。この場合は女のほうが積極的に婚約を破棄しようとしているばかりでなく、いわば実力行使的に男の家を出て帰って来てしまった。後にトラブルが残るだろうが、村役(村役人。村政運営に当る人々)・鳶役(鳶職の頭)・肝入り(世話役・斡旋人)などの人々がいるからなんとかしてくれるだろう、後はどうなろうとかまうことか、とすこぶる強気でさばさばとしている。足入れ婚も本来は対等に意思を表すことができたのだろう。それが女の側が婚約破棄で傷がつくことを恐れることが多い結果、問題になるようになったものだ。男女が対等に意思を表示できるなら、こういう結婚法にも存在の理由があったことが納得される。考えようによっては、形式的な見合いで縁談が纏まって、いきなり嫁が輿入れするというのも、乱暴な話ではないだろうか。

話が脇筋に逸れる恐れがあるが、この歌の「おてもやん」という名は、私見ではつくね芋を意味する手芋のことであろうと思われる。熊本地方で「手芋」という方言は方言辞典の類にも見当らないが、日本の南北に分布の広い、古い方言で、隣接の福岡県では採集されている。かつては熊本地方にもこのことばが方言として生きていたのではないだろうか。「おてもやん」は手芋ちゃんというほどの愛称で、その手芋ちゃんが足入れ婚で嫁入りした。その噂を聞いていたのに、本人が戻ってきているので、近所の人が「あんた、嫁入りしたではないかいな」と尋ねた。それに答えて、嫁入りするはしたが、亭主になる人がひどいあばただったから、戻ってきたのだと答えた。なるほど、手芋の御亭主ならあばた面なのは当然で、この歌詞の後に続く囃しに、「春日南瓜《ぼうぶら》どん」とか「げんぱく茄子《なすび》のいがいがどん」が登場するのも、野菜の世界を歌っているからなのだ。そう考えると、この歌の意味が明らかになるようだ。

「なかだち」の役割

王朝時代の結婚は、まず基本的に婿入り婚だった。「通ひ婚」とも「招婿婚」とも言われているが、女方が自分のほうに婿を取る結婚で、その形式から婿取りとも婿入りとも言われる。両家の間に縁談が成立すると、男が女の家に通う。婚舎が女の側にあって、婚資も女の側が負担する。つまり、婿の側の家族は表面に出ず、婿となる当人だけが女の家族のいる家に入って行く。そして、しかるべき手順を経てその家族の一員となるのだ。こういう結婚の方式が「お行儀のいい」結婚として、王朝時代の結婚を代表していた。

結婚に仲介者を立てて話を進めることは前期王朝、いわゆる万葉びとの時代にもすでに行われている。むしろ、この時代のほうがその存在を明らかにしていると言っていいかも知れない。古事記の記述を見ても、たとえば、仁徳天皇が母違いの妹の女鳥《めとり》の王《おおきみ》に心を寄せ、妻としたいと思った時、弟の速総別《はやぶさわけ》の王《おおきみ》に依託してその意向を問おうとする。その箇所には「媒」という字を当ててあって、古来「なかだち」とよんでいるが、この時、女鳥の王は天皇よりも速総別の王の妻になりたいと望んで、この二人が反逆者として誅殺されるという事件が起こるのだが、仁徳天皇が弟に「なかだち」を依嘱するのは、目下の近親者を選ぶというひとつの法則を示しているようだ。

景行天皇が美濃の国の大根の王の二人の娘を召そうとした時には、皇子の大碓《おおうす》の命《みこと》を遣わしている。応神天皇が日向の髪長比売《かみながひめ》を召した時、太子の大雀《おおささぎ》の命《みこと》がその姿を見て、大臣建内《たけしうち》の宿禰《すくね》を通じて自分に下賜されるよう願い出たのも、おそらく仲介者として髪長比売に接し、その姿を見ることがあった結果なのだろう。こういう例を集めて見ると、古代の結婚における「媒」の資格が大体推定される。貴人本人に近い、そしてやや目下の者が最も適任とされたものだろう。親が息子のための妻を求める場合ならば、目下の近親者、あるいは信任厚い配下の者などが選ばれたと思われる。

平安朝になると、家と家との交渉による結婚はより数を増したに違いない。結婚の年齢が低く、親なり、一家の家長なりの意思が強く働いて、本人たちの気持ちはほとんど表面に現れてこない。そういう趨勢の中で「なかだち」の役割はより重要になったはずだのに、実際には「なかだち」の質は低くなっている。蜻蛉日記に、

例の人は、案内《あない》するたより、もしはなま女などして言はすることこそあれ。(後略)

それなのに、自分の場合はそんなこともなく、相手が直接親に言い出してきたと言っているのは、「なかだち」さえなしに話をもちかけたのがこちらを軽視しているという不満なのだが、世間普通の場合は、知り合いの縁故などに話を通じてもらうか、あるいは口利きをするたいした身分でもない女などに仲介を頼むということだ。「なま女」というのは、いい加減な女ということで、軽蔑的な語感を持っている。おそらく、あちらの家に行き、こちらの家に行って、口先巧みに話を結んでくる、半職業的な女がいたものだろう。もちろん、専業とは思われないから、女房階級の中にそういうことをする者がいたか、それに近い世渡りをしている女があったのだろう。

「なかだち」がそういうふうに地位を下げたのは、おそらく女房などの網の目を通じて情報が手

に入りやすく、またその成否なども同様なルートを通じて打診することができたからだろう。しかるべき身分の人が乗り出してのっぴきならない事態になることを避けて、安易で無事な方法が行きわたったものと思われる。

序の章に紹介した源氏物語の女三の宮の候補者選びの場合でも、朱雀院の判断が光源氏に決まると、侍従の乳母が、それでは私の兄の左中弁があちらにも親しく出入りさせていただいておりますから、左中弁に話をしてみますと言い出す。左中弁は自分の意見ではこの話はきっと成立するでしようと見込みを述べもし、光源氏に会って、あちらではこんな話が出ているようで、とその反応をうかがったりもする。初めは笑って相手にしなかった光源氏も、さほどきっぱりと拒絶するようでもない。そういう情勢を見極めて、朱雀院は見舞いに訪れた光源氏にみずから頼むという形で結婚を承諾させるのだ。

形式化した「かよひ」

蜻蛉日記の場合は、作者は日本三美人のひとりと言われるほどの美人だったようだが、父の倫寧《ともやす》は作者が結婚した天暦八年に陸奥守、以後河内守・丹波守・伊勢守を歴任しているから、まず典型的な受領階級と言ってよかろう。夫となった藤原兼家は当時二十六歳で右兵衛佐だが、こちらは藤原北家の嫡流、右大臣師輔の三男で、後に摂政・関白にまで至った大人物だ。家の格が違うので、

「なかだち」をもって打診することもなく、父親に冗談めかしたり、まじめに迫ったり、いろいろ意志表示をしたあげく、突然使者を遣わして求婚の歌を送ってくる。作者は気乗りがしないでいるが、無視できる相手ではないからと、母親が勧めて返事を書かせる。その後何度かの消息のやりとりがあって、返事を送ったり送らなかったりしているが、いずれ断れる話ではない。結局は作者も結婚を承知したのだろう。

いかなる朝《あした》にかありけむ。

と言っているのは新枕があったことを婉曲に表現しているだが、その翌朝の歌のやりとりを記録してあるのがいわゆる「後朝（きぬぎぬ）の歌」で、

また三日《みか》ばかりの朝《あした》に

としてやはり歌の記録をとどめているのが前夜に「ところあらはし」のあったことを示している。蜻蛉日記の作者は藤原兼家の嫡妻ではないが、妻のひとりであり、兼家との結婚の経過を逐次記録しているから、その点でも貴重な文献だ。ここに当時の結婚への進行の大体が見られるわけだ。

話を少し溯らせて、男がある期間女のもとに通って、その後結婚に至る、いわゆる「かよひ」が行われることの意義を考えてみると、男女がたがいに相手を理解し、これからの生涯を共にすることの成否を語り合い、決心を固めるまでの予備期間というふうに理解することができる。古今集の伊勢歌に、

をふの浦に片枝さし覆ひなる梨のなりもならずも寝てかたらはむ（巻二〇・大歌所御歌）

という歌があるが、ふたりの間がなる——成立する——か、ならぬか、共寝の間にじっくりと語り合うことが、この時期の男と女の決着すべき大事な課題だったのだ。

ところが、親どうし家どうしの間で話がすでに決しているとなると、もはや「かよひ」の期間はなくてもいい。ただちに婚儀が執り行われてもいいはずだということになる。事実、「かよひ」の期間は次第に短縮されてきて、大体三日に決まってきたのが源氏物語に描かれている時代だ。この時代には「三日の通ひ（みかのかよひ）」ということばができていて、男が三日間通うことがひとつの決まりになっている。もっとも、三日という数は必ずしも厳密なものではなかったようで、栄花物語には小一条院（敦明親王）と藤原道長の娘寛子との結婚に関して、

四、五日ありてぞ御露顕《ところあらはし》ありける。（ゆふしで）

という記述がある。しかし、三日という日数が準拠となったことは、三日目の晩を特に「三日の夜（みかのよ）」と称し、その晩新夫婦が食べる餅を「三日の夜の餅（みかのよのもちひ）」と称するなど、関連した語彙がたくさんあることからも確認される。

結婚の約束が成立した場合、この三日間の男の訪れは非常に重要視された。男は夜に入ってからひそかに訪れ、朝は暗いうちに帰って行く。第二夜も同様にして、第三夜にいわゆる婚礼が行われる。これを「ところあらはし（露顕）」と称するが、これまで忍んで通ってきた男が女の家族に自身の家どころを明らかにする、つまり自分が誰であって、この家の娘と結婚したいのだという意思を告げるという意義を持つ行事なのだ。

平安朝中期にはこれが重要視せられて、男がその三日の間に通いを欠かすようなことがあると、それは女に対する背信であり、侮辱であって、大変なことになる。平中物語には、男がたまたま知り合った女と夫婦の約束をして、一夜の訪れをしながら、その後四、五日も訪れず、文さえ送ってこないもので、女が悲観して尼になってしまう話がある（第三八段）。男は役所の長官がにわかに行く所ができて連れて行かれ、帰ったと思えば時の上皇様がお出かけになるというので御供に奉仕して、やっと帰ってみれば方塞がり（かたふさがり）。方角が悪くて、その方角に当る所には行かれないこと）で、といったふうに不都合が重なってどうにもならなかったのだが、せめて文を送ろうとしているところへ女のほうから文が届いて、見ると、

天《あま》の河空《がは》なるものと聞きしかどわが目の前の涙なりけり

という歌が書いてある。「天の河」に尼の意味をかけた歌で、いま目前のわが身のこととして尼になります、と暗示しているのだ。翌日の夜になるのを待って駆けつけたけれど、もはや手遅れだった。

これなどは極端な場合だったろうが、「三日の通ひ」はそれほどに大切だった。これから先の結婚生活において男が誠実であるかどうかを試す試金石だったのだ。ところが、平安朝も末になると、この形式的な「かよひ」はもはや重んじられなくなる。婚約が成立すると第一夜にいきなり婚儀が行われるように世間の慣行が変ってしまう。大江匡房《まさふさ》が平安末期の有職故実を記した『江家次第』には、

近代露顕一夜也。

とある。近頃では「露顕」すなわち「ところあらはし」の儀式は一夜目であるというので、「三日の通ひ」の習俗がもはや主流でなくなったことが分かる。

「きぬぎぬの文」の遅速

「三日の通ひ」の履行と同じように、男の誠実さの程度を占うものとして、女方の神経をとがらせたのは「後朝（きぬぎぬ）の文（ふみ）」だった。恋の渦中にある男がみずからの心中を吐露するためにもっぱら用いたのが消息だった。女を訪ねて行けるようになる以前はこれが唯一の交流の手段だったし、時折の訪問が許されるようになってからも、何かにつけて消息を送ることが多かった。贈り物を贈るにも文を付け、訪問から帰っても文を送る。そして、貴族階級の美的生活の象徴となったのは和歌だった。消息の末尾にはたいてい歌を添えるものだし、短歌一首だけの消息もある。あるいは、使者の口頭をもって和歌を送ることもあり得たのだった。

平素の訪問でも、男が帰った後にすぐ消息を送ってくるのは珍しいことではない。和泉式部日記を見ると、ほとんどその全体が二人の間にどういう状況で消息が交されたか、それにはどんな歌が記されていたかという記録のようなもので、時には他所から車に同車して式部を送り届けてきた親王が自身の邸に帰り着いたかと思うとすぐに消息が送られてくるというような場合もある。別れるとすぐに相手のことが気になって、文を送りたくなる。そうせずにいられないのが恋人どうしの情熱の現れであり、また、それが恋する人を持った喜びであろう。まして、二人の間に記念すべき初夜が交された後では、当然「後朝の文」「後朝の歌」が送ってこられ、返事・返歌が送り返される。自然の行動でもあろうが、これがまた結婚の儀礼の一端として固定したのだった。

枕草子の「胸つぶるるもの」の条には、

よべ来たる人の今朝の文の遅き。聞く人さへつぶる。（第一五〇段）

とある。ゆうべ初めて泊った人から今朝送ってくるはずの「後朝の文」が遅いのは、女方にとっては、当人はもちろん、周囲の家族・女房たちまでみんなが胸が潰れるような大事なのだ。直接の関係者でなくても、話を聞いてさえ胸が潰れる思いがする、と言っている。「後朝の文」の遅速は結婚生活の未来を占うものだった。

末摘花と初めて一夜を共にした光源氏は、なんの心を惹くところもない相手にがっかりして帰ってきた。ちょうど今日は宮廷で公務の忙しい日で、頭中将が迎えに来たこともあって、そのまま出仕して忙しく一日を過ごしてしまった。夕方になって、雨も降ってきた。第二夜の訪れに出かけることなど思いもよらず、それでもせめて文だけでもと思って、「後朝の文」を送ることにする。

夕霧のはるる気色《けしき》もまだ見ぬにいぶせさ添ふる宵の雨かな

というのがその歌で、あなたのはれやかな御機嫌もまだうかがったことがありませんで、憂鬱な気持ちでおりますが、いちだんとその憂鬱さを加える宵の雨ですね。自分の出かけたくない気持ちを、あなたが機嫌よく接しないからだと暗に責任を押しつけるとともに、この雨じゃ出かけられなくて、と口先ばかりは困った顔をして見せている。

あちらでは「待つほど過ぎて」——当然朝早く来るはずの文が来ないのだから、待つという時分はとっくに過ぎてしまっている。そんな夕方ごろになって、きぬぎぬの文と言うより第二夜の訪れがないことを告げる文が来たのだから、みんな暗澹とした気持ちになって、今後を心配し合っている。ただ末摘花当人だけは、文の遅いのも、訪れのないのも意識に上るだけの余裕もなく、ただただ恥ずかしさいっぱいで、文の返事さえ思い付かないでいる。源氏物語の本文ではここのところの描写に、約束どおり「人々胸つぶれて思へど」という表現を用いている。

和泉式部日記では反対に、

明けぬれば帰り給ひぬ。すなはち、「今のほどもいかが。あやしうこそ。」とてという熱烈さで、宮が帰ったかと思うとすぐ「後朝の文」が来て、今の今もあなたがどうしているか、不思議な気がするほど気にかかって、という手紙が送られてくる。それに情熱的な歌が添えられていることも、「後朝の文」の典型と言っていいだろう。

「三日の夜の餅」の数

『江家次第』の記事に拠ると、婿の君の行列がやって来ると、前駆のたいまつの火を脂燭（しそく。松の細木の先端に油を塗った簡便な灯火）に移して、それと嫁方の火をひとつに合わせるというような作法がある。両家の火を合わせるところに民俗的な意義が感じられる習俗だが、また、婿の履いてきた沓を舅と姑がふところに抱いて臥すというのも、これから先の娘の幸福は婿の愛情ひとつにかかっているからというので、婿を大切にする気持ちを象徴的に表した作法だろう。

「ところあらはし」は男がみずからの家どころを明らかにし、女方は男をわが家の婿として迎え入れ、大切に付き合ってゆこうという意義を持っている。だから、婿と嫁方の家族との間に交される誓いの儀式と見ていいだろう。いずれ盃ごとがあるだろうが、細部については分からない。ただ、男はこれから堂々とふるまうことが許されるので、もはや暗くなってから訪れ、暗いうちに帰らなければならないというような制約はない。昼も留まることが許されるようになる。男がしみじみと女の顔を見ることができるのもこれからなのだ。

光源氏の嫡子の夕霧は、内大臣（かつての頭の中将）の娘の雲居の雁と相思相愛の仲なのだが、娘を宮廷に入れるつもりでいた内大臣はこれを許そうとしなかった。依怙地で強情なところのある夕霧は時節の来るまで耐え通して、とうとう四年の後、内大臣のほうから妥協して、雲居の雁を許そうと言い出させる。ちょうど藤の花の盛りの頃、内大臣は藤花の宴にかこつけて夕霧を招待する。宴もたけなわ過ぎて、夕霧は酔いにかこつけて休み所を求める。そういう形で雲居の雁の寝室に導かれるのだが、翌朝早くに起き出そうとはしない。この夜を第一夜とするならばまだ早朝に帰るべきところだろうが、もう内大臣初め皆が認めているのだからと、悠々と構えている。周囲の者も催促しにくくてためらっているのを、内大臣が、

したり顔なる朝寝《い》かな。

と少し悔しそうに言うところがおもしろい。「したり顔」の「したり」はまさに今日の「やった」に相当することばだから、夕霧の内心の得意と内大臣の悔しさがよく現れている。それでも、娘の幸福が大事だから、内大臣も許さざるを得ないし、夕霧のほうも「後朝の文」は、

なほ忍びたりつるさまの心づかひ

で送って来る。使いの者が堂々と名告って届けに来るのでなく、なかだちの女房をそっと呼び出すというような配慮を見せるのだ。

「三日の夜」の儀礼の中で一番興味を持たれているのは「みかのよのもちひ（三日の夜の餅）」のことだ。源氏物語で注目されているのは光源氏が紫の君と新枕を交した後、三日目にそっとその用意をさせるところだ。なにしろ、十歳の時光源氏が奪うように二条の院に連れてきて、以来仲良く暮らしているのだから周囲の者にもその区別はつきにくい。紫の君が年頃になった「葵」の巻でのことだが、ある日光源氏が腹心の惟光を呼んで、餅の用意をしろと命じる。ちょうど十月初亥《はつい》（年中行事のひとつ。餅を食べて祝う）の「亥の子の餅」を差し上げたところだったので、これほどたくさんでなく、明日の暮れに作って来い、と言う。惟光もはっと思い当って、亥の子に引っかけたしゃれで「では子《ね》の子の餅はいくつぐらい用意いたしましょうか」と即妙の受け答えをして、翌日の夜そっと寝所に差し入れる。翌朝、容器が下げられたのを見て少納言の乳母が喜んだのは、こうして光源氏が姫君との結婚を作法通りに執り行なった、光源氏の紫の君に対する愛情と誠意とに感動しているのだ。

「三日の夜の餅」は寝所で新夫婦二人が食べるもので、夫婦としての共食を意味しているだろうが、『江家次第』ではその食べ方の作法として、聟公食餅三枚。

と書かれている。落窪物語でも、少将と落窪の君の三日の夜にこの餅のことが話題になっていて、阿漕が苦心して用意した餅を、食いようがあるのだろうという問答になる。

「食ふやうありとか。いかがする」と宣へば、(中略)「三つとこそは」と申せば、「まさなくぞあなる。女はいくつか」と宣へば、「それは御心にこそは」とて笑ふ。

物語の一場面らしく、いかにも彷彿とおもしろく書けているが、『江家次第』の記述と符合しているのに感心させられる。男が三枚を食べるのを、少将はそんなに食うのか、みっともないなあと笑って、では女はと聞くと、決まりがないらしく、心任せだと言う。そんなところにも、「三日の夜の餅」が男を主体としていること、男が女の家の火で製したものを一緒に食べるところに意義が置かれていることがうかがえる。

お行儀のいい結婚はこうして夫婦の新生活が始まるのだ。

第二章　通う男の夜ごとの辛苦

神の訪れる夜

「かよひ」を条件とする結婚方式では、ある期間、夜になると男がそうっと女のもとにやって来て一夜を共にし、夜が明けないうちに帰って行く。そんな夜な夜なが重なるうちに、男女の間に結婚への合意が成立し、二人の将来への約束を広く公のものにしようという決意に到達する。だから、「かよひ婚」ではどうしても結婚に至る予備期間・折衝期間としての「かよひ」の時間が必要で、それが形式化して、家と家との交渉で結婚が成り立つように時代が変っても、形としてだけでも「かよひ」の期間を設けなければならなかったのだ。それほどこの方式は日本人の生活に根強く滲みこんでいる。おそらく民間に自然発生的に生まれた習俗が普遍化して、結婚方式として固定したものだろう。

伝承的な説話の上では、古代の結婚の物語に三輪山型と呼ばれるひとつのパターンがある。大和の三輪山の神が夜ごとに女のもとに通った話が崇神記に載せられていて、その類型の典型となっているのだ。似たような話は日本紀にも見えているが、より典型的な話として崇神記のほうを挙げておきたい。

この天皇の時代、天下に疫病が流行して天皇の心を悩ませたという条がある。天皇はこれが神意のなすところであろうと考えて、神牀《かみどこ》に寝て神の告げを請うたところ、夢に大物主の神が現れて、これは自分の意思である、自分の子孫である意富多々泥古《おおたたねこ》をもって祭らせたならば、禍は静まるであろうと告げられた。その意富多々泥古が神の血統である証明として、その祖先に活玉依毘売《いくたまよりびめ》という美女があり、その女のもとに姿形も装いもたぐいなく立派な男が夜ごとに通ってきたという話に繋がってゆく。たがいにその美しさに感じて交渉を続けているうちに、ほどなくおとめが孕んだ。そこで父母が問うたところ、名も知らぬ美しい男が通ってくることを告げたので、それでは床のあたりに赤土を撒いておき、男の衣の裾に麻糸を通した針を刺せと教えた。おとめが教えられたとおりにしたところ、朝になって、針に付けた麻糸は戸の鍵穴から抜け出て、わずかに三勾《わ》(三巻き)だけ残っていた。これは三輪の地名起原説明でもあるのだが、その糸を追って訪ねて行くと、三輪山の神の社に行き着いた。それで、通ってきたのは神であったことが知られたというのだ。

この大物主の神は神武天皇の后の出生に関してもその名が語られている。形は違うが、やはり美女のもとに現れて、その間に子が生まれるので、こういう方式の結婚譚が古代の日本ではごく自然に受け容れられていたことが想像される。昔話の世界でも、三輪山の神婚譚そのままに、誰とも知れぬ男が女のもとに通って来て、おとめが孕むというような話がある。それがどこの誰とも知れぬので、枠の糸を針に通して寝ている男の頭の毛に刺したところ、痛い痛いと叫びながら逃げ帰ってしまった。翌朝枠の糸をたどってつけて行ったところ、大きな淵の中まで続いていて、淵の中から話し声が聞こえてくる。お前はくろがねを頭へ立てられたからもう生きてはおれん。なんぞ言い残しておくことはないか、と母親の蛇がせがれに言っているところだった。蛇の子が、わしは死んでもあの娘にこどもを孕ましてあるからその子が仇をとってくれるだろう、と言う。すると、母親があの娘は知るまいが、三月の節句の桃酒と五月の節句の菖蒲酒と九月の節句の菊酒と、もしこれを飲まれたらどうにもならんと言っている。これを盗み聞いた娘と母親は急いで戻って、霊酒を飲んで、腹の中の蛇の子を溶かしてしまった。それから、女は三・五・九月の節句にはそれぞれの酒を飲むことになった（『日本昔話集成』に拠り適宜要約）。

この話は桃酒や菖蒲酒・菊酒の由来を説く話になっているが、同時に怪談化する過程にもあるようだ。その分布もほとんど東北から沖縄に至る日本の全土にわたっているので、いかに有力な話の種であったかが分かる。三輪の神の神体が蛇だということは古くから言われているし、話の前半の根幹が古事記の記事とぴったり一致している。この類型が受け容れられる習俗が日本人の生活に古く、広くゆきわたっていたことが推測される。

もっと直接的にこれを証するのは、ごく最近まで日本各地にヨバイの習俗のあったことで、実際にその体験を持つ老人なども捜せばまだ生き残っているくらいの近い時代まで、生きた民俗として残存したものだった。「よばひ」については第四章に詳述するので、ここではその指摘だけに止めておくが、「かよひ」に基盤を持つ結婚方式が王朝びとの恋愛・結婚の生活に重きをなした理由は納得していただけることと思う。

通う苦労と別れの辛さ

「三日のかよひ」が有力になった平安中期でも、結婚の形式を重視した上流の貴族階級の生活に比べて、より低い階級においては、「かよひ」が本人同士の諾否を眼目としてより意義ある選択の機会だったと思われる。それだけに、男は「かよひ」に苦労を重ねなければならなかったし、それはそのまま恋愛の進行段階の形式だったと言うことができる。光源氏のような大貴族でも、自由な恋愛の生活では、ひそかに女のもとに出入りする、約束通りの「かよひ」に身と心を労している。

六条の陋巷の行きずりに、夕顔の花の縁で交渉を生じた女が気に入った光源氏は腹心の惟光に命じて、女のもとに通うよう手筈を付けさせる。なにしろ身分がら、こんな行動が世間に漏れてはまずいので、惟光が適当な作り話をこしらえて相手方を納得させるのだが、供の者も二、三に絞り、惟光が自分の馬を差し上げて、みずからは徒歩でお供をする。惟光だって貴族のはしくれだから、これは辛いことだったろう。光源氏もよれよれの狩衣を着、「顔もほの見せたまはず」とあるから、覆面をしているらしい。そして、「夜深きほどに、人を静めて出で入り」するから、女の側では「昔ありけんものの変化《へんげ》めきて」不思議がっている。昔物語に、妖怪などが姿を変えて女のもとに通ってくるのを想起しているので、この時代に、やはりそういうたぐいの怪異譚があったことが推測されるが、この話でおもしろいことのひとつは、男女がたがいに身許を明かしていないことだ。光源氏の側でもいろいろと探りを入れているが、女のほうでも男の身許を知りたいもので、消息の使いの後を付けさせたり、暁がたに帰って行く男の帰り道を伺わせたりしている。恋愛にはこういう知恵比べの要素があるものだ。

これほど極端でなくとも、恋に苦労は付き物だ。ことに「かよひ」の苦労は今日のわれわれにはめったに体験がないだけに想像してみるだけの価値がある。ひと口に通う男の苦労と言っても、女が待ち受けて逢ってくれれば苦労が報われもするだろうが、必ずしもそうとは限らない。口実を設けて断られたり、会ってくれても機嫌が悪かったり、ふたりの思惑が食い違っている場合にはせっかく通って行った苦労も徒労に終ることがまれではない。古今集の恋の歌にも、

秋の野に笹分けし朝の袖よりも逢はでこし夜ぞひぢまさりける（恋歌三・在原業平）

という歌がある。これなどはすでに幾度か逢ったこともある仲なのだろうが、周囲の状況が都合が悪かったたか、なんらかの行き違いがあって女が逢うことを拒否したか、事情あって会うことができなかった。そんな境遇が想像される。秋の野に笹を分けた朝というのは、まだ朝早く、人目を避けて笹原を帰って来た過去の経験を言っているのだが、笹の葉に露が置いていて、すっかり袖が濡れてしまった。それも辛いことではあったが、その時には一夜を共にした満足があった。同じように袖が濡れたにしても、会うこともできずに帰った今夜の経験ではそれ以上に袖の濡れ具合がひどか

った。もちろん、それは会えなかった悲しみの涙のためなのだ。「ひづ」は濡れるという意味だが、涙で袖が濡れることを言うのは恋のわび歌の常套だ。こんな歌が似たような経験を持つ男たちの同感を誘ったのだった。

男女が愛し合っていて、もっと共寝を続けたい、まだ語り残したことがあるというような場合には、「暁の別れ」は辛いものの代表になる。古今和歌六帖には、

恋ひ恋ひてまれに逢ふ夜の暁は鳥の音つらきものにざりける（第五帖）

という歌があるが、この歌のように暁の別れを促す鳥の声にその辛さの責任を負わせる表現が恋歌の中のひとつの類型となるのも、「かよひ」の生活の生み出した文学の一種だった。和泉式部日記には、一夜を共にした敦道親王から翌朝送られて来た文に鶏の羽が包まれていて、

今朝は鶏《とり》の音《ね》におどろかされて、憎かりつれば殺しつ。

と書かれていたという一節がある。もちろん鶏を殺したというのは冗談だが、明け方の鳥の声や鐘の音を恨むのは和歌ばかりでない。後世の民謡や芸謡に至るまで、この伝統は続いている。

「きぬぎぬの別れ」の考察

男女が逢った翌朝の別れを「後朝（きぬぎぬ）の別れ」と言う。「きぬぎぬ」は万葉集には見えないから、平安朝になってからのことばかと思われるが、古今集に、

しののめのほがらほがらと明けゆけばおのがきぬぎぬなるぞ悲しき（恋歌三・読人知らず）

という歌があって、これが「きぬぎぬの別れ」の語原として知られている。「しののめ」は東雲と漢字を当てたりして、東の雲が白む夜明けの時分を意味すると解されているが、あるいは枕詞から意味が転じたものかも知れない。この歌では、ともかく夜明けの空がはればれしく明けて行く気分だけは分かるが、その夜明けが訪れると恋する男女は別れなければならない。「おのがきぬぎぬ」とあるところから、ふたりの衣を上に掛けて寝ていたのが、銘々の衣をとって身に着け、支度をするのだと解されている。その解釈がどの程度正しいか、どうも疑問が残る、不鮮明なところのある歌なのだが、同じ古今集に、

逢ふまでのかたみとてこそ留めけめ涙に浮ぶ藻屑なりけり（恋歌四・藤原興風）

という歌がある。この歌には歌の作られた事情を説明する詞書が付いている。親が大事にしている娘と忍び逢っていた時に、親が呼んでいるというので、女は急いで行こうとして裳（も。女性が袴の上に腰に纏う服）を脱ぎ置いたまま奥に入って行った。それを次に逢うまでの形見（身代わり）に持って帰ったのだろう、後に返す時に付けて遣った歌だというのだ。おそらく、この時ふたりは共寝をしていたのだろうが、この恋は成就しなかったものと見える。ふたりの仲が終る時、男が預かったままにしていた裳を返してやったのだ。それに付けた歌として、あなたは再び逢うまでの形見として裳を残して行ったのだろう。だが、結局私にとっては波に浮ぶ藻屑ではないけれど、涙の海に浮ぶ裳になってしまいました。そう言っているのだ。

恋する男女が衣、特に下衣を交換することは、万葉集の、

別れなばうら悲しけむ。あが衣下にを着ませ。ただに逢ふまでに

（巻一五・遣新羅使人等悲別贈答歌）

の歌などによって証拠づけられる。今度ふたりが直接逢うことができるまで、身代わりとして私の着ているこの衣を肌に着けていてくださいと求めている。これが恋における衣の習俗で、古代の霊魂信仰では衣は霊魂の宿るもの、霊魂が分割して憑依するものと考えられていた。

古今集の「おのがきぬぎぬ……」は別種の習俗か、あるいは別の解釈が用意されなければならない歌なのではないかと思われる。万葉集には、

わが衣かたみに奉《また》すしきたへの枕離《か》れずて纏《ま》きてさ寝ませ（巻四・六三六）
あきかはりしらすと御法《みのり》あらばこそわが下衣返し賜《たば》らめ（巻一六・三八〇九）

などの歌もある。あとのほうの歌の「あきかはり」は売買の契約ができた後にその取り消しや変更をすることで、奈良朝には法令でそれを禁じていたらしい。だから、この歌は「あきかはり」を許す法令が出たのならばともかく、そうでなければ私の身代わりの衣を返したりなさっては困りますと訴えているもので、衣、特に下衣が愛する相互の身代わりとして特殊な情感を持たれていたことが分かる。

源氏物語「空蟬」の巻で、女の寝所に忍び入った光源氏のけはいを察して、空蟬は生絹《すずし》の単衣《ひとえ》ひとつを身に纏って滑り出てしまう。肩すかしをくらった光源氏は空蟬の脱ぎ置いた小袿（こうちぎ。女性の装束の略礼装の上衣）を取って帰り、香りの染みたのを身近に置いて偲んでいるが、空蟬が伊予に下ることになって、ふたりの交渉がひとまず終止符を打とうという時に送り返してやる。池田弥三郎はこの光源氏の行動を、ふたりの間に衣を交す一夜の交渉があったという体裁を取った、

せめてもの心ゆかせだったのだと解していた。

源氏物語でもうひとつ、男女がたがいの衣を取り交す例証になるのは、「夕顔」の巻だ。某の院で怪異に襲われて息絶えてしまった夕顔を惟光が東山に知り合いの尼の住む庵があるからと、そこへ移してしまう。光源氏は二条の院へと帰ったものの、その後の成り行きが気にかかって、翌日の日が暮れてから東山に行って、夕顔の死を確認する。その帰途の描写に、夕顔のなきがらが眼前に浮んで光源氏を悲しませるところがあるが、その中に、

うちかはしたまへりしが、わが御紅《くれなゐ》の御衣《ぞ》の着られたりつるなど、いかなりけむ契りにかと

……

という文言がある。共寝の際に掛け合っていた衣を、変事に際して光源氏は起き出て身づくろいをしたのだが、たがいの衣を取り換えて、夕顔に自分の下衣を着せたのだろう。庵に横たわっていた夕顔のなきがらが光源氏の紅色の下衣を着て、共寝の折の姿そのままだったのが眼前を離れないのだ。こんなところにも男女が別れに際して衣を取り交し、次に逢うまで相手の霊魂に包まれた気持ちでいることが察せられる。

「かよひ」の生活の終始

「かよひ婚」を整理して言えば、その始まる契機はさまざまであろうとも、男が女の寝屋にそうっと通って来るのが最も初期の段階で、ここでは「しのぶ」ということばをキイワードとしていると言うことができる。この時期にはふたりの関係はごく内密のものであり、女の家族さえ男が何者であるか、知らないでいる。少なくとも知らない立て前で推移する。この期間が男にとっては最も辛い「かよひ」を経験しなければならない時期だろう。朝早く起き別れて出て行く男は、寒い朝などさぞ辛いことだろうし、送り出す女にしても別れは悲しかったに違いない。男がいつまで種姓《すじょう》を包んいるか、これは実際には、三輪の神や光源氏のようにいつまでも隠し通すことはできないだろう。ふたりの結婚という相談になれば、どうしても明かさずにはすまないが、それを相手の女性当人だけでなく、女性側の家族みんなに明かす「ところあらはし」が結婚の一番重要なポイントとなる。女方がそれを受け容れて、盃を交すなり、女の家の火をもって作った食物を男が食べる、すなわち「共食」が行われるなりすれば、男は女方の家族の一員として認められたわけだ。そこに規模の大小は別にして、ひとつの儀式があり、これで結婚は大きな山を越えたことになる。

源氏物語の「帚木」の巻、雨夜の品定めの話題のひとつになっている博士の娘との結婚の話などは、男がさほどにも思っていなかった結婚が半ば強制的に実現してしまうことで読者の笑いを誘っているが、学問を習うために博士の家に通っていたついでに、その家の娘に言い寄ってみたところ、親が聞きつけて盃を持ち出し、『白氏文集』の教訓的な詩の一節を詠じたりして、婿にされてしまう。娘がまた娘で、寝覚めの語らいにも学問や宮廷の儀礼のことを教えてくれ、恋の消息も漢字ばかりを書き連ねてくるという有様で、ほとほと閉口したという話なのだが、こんな形でも「ところあらはし」は「ところあらはし」で、意味をなしたのだろう。

しかし、「かよひ」の男の生活はこれで終ったわけではない。男はそれ以後も、まだしばらくは「かよひ」の生活を続けなければならない。けれども、女方の家族として認められているのだから、もはやさほどに人目を「しのぶ」必要はない。陽が高く昇るまで女と一緒にいることが許されるし、昼間も留まっていてかまわない。つまり、男はこの家の「むこ」の君なのだ。婿の世話は女の側の負担だから、衣食をはじめ車の提供、供人の世話など、みんな女の側が負担してくれる。婿は大変気のいい存在と言えるだろう。枕草子には正月望《もち》の日に、この日の粥を煮るのに用いた「粥の木」をもって女房たちがたがいの尻を打ち合う様子がおもしろおかしく描かれている。粥の木に生産の呪力を認めて、それで女の尻を打つと子を孕むという俗信を生んだのだろう。この時代盛んにそれが行われて、貴族の家庭でもこの日ばかりは「みな乱れてかしこまりなし」と言われている。それが興に乗じて男の尻さえ打つのだが、去年から姫君のところへ通うようになった婿の君がおっとりしているのに目をつけたこざかしい女房が「ここなる物取りはべらむ」などと言いながら寄って来て、すばやく婿の君の尻を打って逃げるのを居合わせた人々が笑う中で、男君も「にくからず、愛《あい》敬《ぎょう》づきて笑みたる」という有様で、ぽっと顔を赤らめている。

男が実家に住み所を持っていて、そこから通って来るならば、毎晩来るとは限らない。女のほうではやきもきして、なんとか訪れの多いよう、絶えないようにと願いもし、策を講じたりもするのだが、ほかに通うところを持っていたりすると、男のほうでも複数の女の気持ちと自身の望むところとを顧慮しながら、なかなか難しい選択に苦しまなければならぬ。蜻蛉日記の作者は藤原兼家という大貴族の妻のひとり、嫡妻ではない。兼家は嫡妻のもとにあって、時々通って来るのだが、作者の烈しい嫉妬にはほとほと手を焼いている。この種の苦労は一夫多妻を実現している上流の貴族だけの苦労だろうが、そこに光源氏の「いろごのみ」のように、いかにそれを円満に、支障なく遂げてゆくかという大きな問題も課せられている。光源氏の嫡男夕霧のように、甲乙つけがたいふたりの北の方のもとに月に十五夜ずつ通い分けたまめ男（まじめな、堅い男）の話も生まれている。

一般には婿の「かよひ」はなしくずしに妻の家に重心が移って来て、いつの間にか同居の生活に移行してゆくらしい。この時代の結婚方式として、いつから夫婦が同居を始めるか、判然とした境目はないように見られるが、こどもが生まれ、夫の社会的地位が高まったりするにつれて、夫婦を中心とする一家が構えられるようになるらしい。枕草子に散佚物語の名として見えている「とのうつり（殿移り）」はあるいはそれを意味する用語だったかも知れない。もちろん物語の主題となるのは権勢ある大貴族が豪邸を構え、多くの妻子をそこに集めて栄華の生活を極める、源氏物語で言えば、光源氏が六条の院を造営して「いろごのみ」の理想の生活を具現して見せるようなのが「殿移り」に相当するだろうが、規模こそ格段に小さくとも、貴族の多くはそういう形で完全な男女同居の生活を始めたものかと推察される。右の夕霧なども、雲居の雁との結婚後半年ばかりしてふたりの祖母大宮の旧邸だった三条の宮に移転して、夫婦同居の新しい生活を始めている。

「暁の別れ」を知らぬ夫婦

こうして「しのぶ」に始まった「かよひ」の生活は夫婦同居によって、少なくとも当人たちにとってての終結を迎えるのだが、婚姻語彙としては、それは「すむ」ということばによって表される。「すむ」は一般に言っても居着くこと、住み着くことを意味している。万葉集の、

百済野の萩の古枝に春待つとすみし鶯鳴きにけむかも（巻八・一四三一）

の歌の例などが「すむ」の語義を端的に示しているが、同じように、男が女のもとに落ち着いて安定した夫婦の生活を送ることが「すむ」なのだ。

源氏物語「若菜上」の巻には、朱雀院の上皇が出家入山に当って、心がかりな皇女、女三の宮の身を安定させたいと考えて、いろいろ結婚の候補者を挙げてみる中に、光源氏の嫡子夕霧などが最

も安心できる身分・人柄なのだが、あいにく最近に長年の恋人だった雲居の雁と結婚したばかりで、ほかに心が向きそうもない、と残念がっている箇所がある。ちょうど見舞いに来た夕霧に、朱雀院が、

　太政大臣のわたりに、今はすみつかれにたりとな。

と、訳ありげに言い出すところがあるが、この時点での夕霧はまさに雲居の雁に住み着いて、水も漏らさぬという間柄だ。その後のことは別として、このようなのが「かよひ婚」の完成点だということがよく分かる。

　さて、王朝時代の男の一般が恋愛ないし結婚のために「かよひ」の苦労を経験した中で、光源氏は最愛の妻だった紫の君に対して「かよふ」ということをしなかった。これは当時としては例外中の例外で、大変珍しいケースと言えよう。たいていの夫婦がある程度年をとって若い時分を回想する時、「かよひ」の苦労や「暁の別れ」の辛さを思い出して、感慨にふけったりしただろう。そういう中で、光源氏は紫の上に、

　いにしへだに知らせたてまつらずなりにし暁の別れよ。

と言いかけている。

「野分」の巻の暴風が吹き荒れた際のことだが、夕霧が六条の院に見舞いに行く。春の御殿に行ってみると、ちょうど嵐に打たれた前栽(せんざい。庭の植え込み)を繕わせなさっているところで、花を気づかっている紫の上が端近く出ている。たまたま風のために屏風も押したたんで寄せてある。もちろん簾も捲き上げてあるだろう。渡殿の小窓の開いているところから廂の間にいる紫の上の姿が見通しに見えてしまう。光源氏は平素配慮して、息子の夕霧といえども紫の上の近くには寄せ付けないし、まして姿などかいまみる隙も与えないよう注意している。ところが、この時ばかりは嵐のせいで目を遮るものが取り除かれていたし、夕霧が来る気配さえ風の音に紛れていた。わずかな間だろうが、夕霧は紫の上の容姿・挙措を目の裏に焼き付ける機会を得た。隣室から光源氏が戻ってきたので、夕霧は慌てて立ち退いて、今来たように咳払いなどしながら歩み出るが、光源氏もその側の妻戸が開いていたと気付いて、紫の上に見られはしなかったかと注意を促している。

これが夕霧が生前に紫の上を見た生涯ただ一度の機会だったのだが、翌朝再び訪れた時、こちらではまだ格子も上げず、夕霧はふだんよりは夫婦の寝所近いあたりの簀の子に控えていた。紫の上の声は聞えないが、光源氏が何か笑いながら「いにしへだに知らせたてまつらずなりし暁の別れよ」と言う。今からそんな稽古をするのだったらお気の毒だがね、と戯れている様子が察せられる。仲のいい夫婦なのだなあ、と思うにつけて、夕霧の目にはきのう見た紫の上のおもかげがよみがえってくる。

源氏物語の中でも印象的な場面のひとつだが、光源氏のことばどおり、紫の上は暁の別れをしたことがない。十歳ばかりで孤児同然になったところを光源氏に奪われるようにして二条の院に連れて来られ、そこで光源氏を親代わりとして育てられた。そのまま夫婦になったので、それでも夫婦の関係に転じた時には、光源氏が「三日の餅」の形式を整えて正式の結婚としたのを乳母の少納言が泣いて喜んだことは、前章に紹介した通りだった。そういう関係だから、光源氏が紫の君のもとに「かよふ」ことはあり得なかった。世間の夫婦が経験する「暁の別れ」の辛さを今から稽古してみますか、という光源氏のことばには、世間にまれな形で夫婦の生活を経てきた自分たちの結婚に対する別種の感慨があったことだろう。

恋の文学の温床

「暁の別れ」にしてもそのひとつだが、男の「かよひ」を条件とする恋の生活からは、さまざまな文学が生まれている。中でも和歌は、王朝の貴族が折に触れて自身の感慨を詠んで示したり、応酬したりし、それがある種の場面では生活上の約束とか儀礼ともなっているから、最も代表的といういうことができるものだが、恋の生活そのものが文学の温床だったのだ。前章から本章にかけて、すでに「暁の別れ」の辛さを言う類型や「後朝の別れ」に交す歌のあること、特に初夜の翌朝のそれが大切な意味を有したことなど、必要に応じて触れてきたが、それらに加えて求婚段階の男が自分の心の変らぬことを約束する「ちかひ」の歌、男女がたがいに心変りのないことを約束する「ちぎり」の歌なども同様で、実生活の実感を基盤としているだけに、非常に類型性が強い。暁を告げる鳥の声や鐘の音を恨むなど、どのように変化しても、題材としてすぐに限界に行き当らねばならないだろうし、また同種の歌の累積の中から用語や表現の型の固定も生じてくる。もともと和歌は日本人の生活の中から生活に密接して生まれたものだから、ただされ類型化しやすいのだが、恋の歌には特にそれが目立っている。むしろ類型の中でいかに典型と化することができるかにその価値がかかっていると言うことができるだろう。

たとえば男のきぬぎぬの歌には、初めての交渉によって心が乱れていること、今別れたばかりの人がもう恋しくてならぬことを言うのが約束のようになっていて、

いつのまに恋しかるらむ白露の今朝こそ起きて帰り来にしか（古今和歌六帖・第五帖）
今朝はしも起きけむ方も知らざりつ思ひ出づるぞ消えて悲しき（古今集・恋歌三・六四四）
恋と言へばよの常のとや思ふらむ今朝の心はたぐひだになし（和泉式部日記）

というような歌が列挙される。「けさ」「あした」「いつのま」などの語が必ずというように用いら

れている。これに対して女のほうの返歌は初めての経験に心が乱れていることを言うのが類型の約束で、

相見ての後の心に比ぶれば昔はものを思はざりけり（拾遺集・恋二・七一〇）

長からむ心も知らず黒髪の乱れて今朝はものをこそ思へ（千載集・恋歌三・八〇二）

よの常のことともさらに思ほえず初めてものを思ふ朝は（和泉式部日記）

というように、「ものを思ふ」という一句が欠かせないものとなっている。

蜻蛉日記や拾遺集の長歌に例が見られるように、恋の進行のある時期に恋の哀訴として長歌が詠まれることもあったようだし、生活そのものから距離を置いてならば、多くの物語が王朝の恋を実感的に描いている。王朝びとの恋が風雅と離れて存しなかったことが後世に残す文学作品の温床ともなっていたのだ。

第三章　やすらはで寝なましものを

恋の主導権の交替

本章の表題とした「やすらはで寝なましものを」は百人一首にも取られている赤染衛門の名高い歌の一、二句だが、「……さ夜更けてかたぶくまでの月を見しかな」と続くことは周知のとおりだ。この歌、勅撰集では後拾遺集に採録されていて、実は赤染衛門自身の恋の経験ではない。

中の関白少将に侍りける時、はらからなる人にもの言ひわたり侍りけり。頼めて来ざりけるつとめて、女に代りて詠める。

という詞書がある。中の関白藤原道隆が少将だった時分と言うから、家柄は良くてもまだ若くて、身分もさほど高くなかった頃のことだ。赤染衛門の姉か妹か、きょうだいのところへ通って来ていたらしい。「頼めて」というのは信頼させてということで、必ず行くからと約束していたのだ。それなのに、ひと晩待ち続けさせて、とうとうやって来なかった。その翌朝、恨みの歌を当人に代わって詠んだのがこの歌だったのだ。もちろん消息として男のもとに送られただろうし、これだけの歌ともなれば世間にも漏れ伝わって評判になったのだ。

もう来るかもう来るかとためらって、夜が更けるまで床にも入らず、月が傾くまで待ってしまった。こんなことならいっそためらうことなく寝てしまえばよかったのに、なんだって入り方の月なんか見るまで起きていたのだろう。傾くまでの月を見たことにかこつけて、むなしく待たされた恨みを切実に訴えた歌で、男に反省の心を起こさせる巧みな効果を持っている。「待つ」ことの恨みを言って、しかも恨み言に付き物の嫌みがない。女の「待つ」歌の代表と言ってもいいだろう。

恋あるいは結婚の前期では、主導権は女の側にある。男が誠意を尽してわが恋の受け容れられることを求めるのに対して、女はそれをじらしたり、あしらったり、揚げ足を取ったり、反論してみせたり、男の熱意をかきたてるさまざまなテクニックを駆使して、容易になびく気配を見せない。たとえば、これも代作の例になるが、伊勢物語の一段ともなっている一組の問答がある。同じ歌が古今集でははっきりと男は藤原敏行、女に代わって返歌を詠んだのは在原業平と名を記している。

業平の朝臣の家に侍りける女のもとに、詠みて遣はしける。

敏行朝臣

つれづれのながめにまさる涙川袖のみ濡れて逢ふよしもなし（恋歌三・六一七）

かの女に代りて返しに詠める。

業平朝臣

浅みこそ袖はひづらめ涙川身さへ流ると聞かばたのまむ（恋歌三・六一八）

在原業平の家にいる女というのは誰のことか分からないが、業平の身内の女か、事情あって預かっていた人か、いずれ年若い女で、業平が後見していたのだろう。その女に言い寄ってきた敏行がなかなか女に会うことができないのを嘆いて、歌を贈ってきた。折から長雨の季節だったのだろう。「ながあめ」の音が詰まって「ながめ」となり、五月雨の頃の物忌みの生活に男女が逢うことができない鬱屈した生活感覚を言うようになったのが王朝時代の「ながめ」の語感だ。それが動詞としても用いられるようになって、失恋ムードでぼんやりしていることも「ながむ」と言うようになったのだが、「ながめ」を言おうとすると、約束のように、所在ない物思いの状態を言う「つれづれ」が連想に浮ぶ。敏行の歌もそのとおり、「つれづれ」の思いに長雨の時分をながめ暮らして、あなたに逢えないもので、涙が川となるほど流れている。その水嵩が増して、袖がびっしょり濡れています。そう言ってきた。本当は宗教的な禁忌から五月雨の時分は男女が逢うことができなかったのだが、この時代にはもう本義が忘れられて、雨のせいで逢いに行かれないくらいの感覚でいたかも知れない。ともかく、季節にふさわしい恋の心を言ってやったものだが、その返事に、女——になりすました業平——は、あなたは「袖のみ濡れて」とおっしゃいますが、その涙の川が浅いから袖が濡れる程度なのでしょう。もっと涙の水嵩が増してあなたのからだが流れてしまうほどだとおっしゃるのなら、私も本気でお心を信じましょう。女の歌らしく、男の誠意の不足を巧みに突いている。

こういう歌をもらうと、男はいやがうえにも恋の思いを募らせるもので、現にこの問答の場合でも、伊勢物語では男が感激して返歌を文箱に入れて持ち歩いたと伝えている。ところが、女が男を受け入れて、いったんふたりの仲が成立すると、恋の主導権は男のほうに移ってしまう。男の訪問は恣意に任せられているから、女はひたすら男の訪れを待つ立場になる。冒頭に挙げた赤染衛門の歌のように、男のことばを信じて一夜を空しく待ち明かすようなこともあるのだ。ふたりの仲の成立がはっきりと一線を画して、立場が逆転するところに王朝の恋の大きな特色が見られる。

「かよふ男」に「まつ女」

王朝びとの恋愛でも結婚の生活でも同じことだが、男の側が「かよふ」苦労に重点が置かれているのに対し、女のほうは「まつ」辛さに最大の重点が置かれている。「通う男に待つ女」という一句はまさに王朝びとの恋のあり方の表象と言っていいだろう。

実生活の上でのこの逆転は、まったく女の側に不利であり、不公平に思われるが、和歌の上で見るかぎりでは、女歌は「待つ」を主題とするようになってから真実味を増してくる。文学の上で言うかぎり、弱い立場に立ってからの女歌に価値の高い作品が見られるのだ。それは平安朝、後期王朝に入ってからのことではない。万葉集を見ても、その傾向はすでにはっきりと現れている。

万葉集巻二に大津皇子と石川郎女との間に交されたひと組の贈答の和歌がある。

あしひきの山の雫に妹《いも》待つとわれ立ち濡れぬ山の雫に（巻二・一〇七・大津皇子）
我《わ》を待つと君が濡れけむあしひきの山の雫にならましものを（巻二・一〇八・石川郎女）

これは珍しく男のほうが女を待っているように見えるが、実際には「かよひ」の歌で、おそらく男の訪れに対して女がなかなか戸を開かなかったのだろう。男がすっかり雫に濡れたではないかと恨んだのに対して、それはお気の毒さまでした、あなたがお濡れになったその山の雫に私がなりとうございました、そうしたらあなたのお身に添えましたのに、そう答えている。いかにも優しく、情けありげに見えて、芯が強い。ことばの表面は柔軟で、実は男に靡きそうもない。これが女歌の常なのだ。情けありげで実がない。恋の成就以前の女の歌にはこういう浮薄なところが付き纏わっている。

それに比して、女が男の訪れを待つ歌はそれだけに真情を吐露するものが多い。それに応じる男の歌が逆に、いい気なところが見え透いているのに対して、女の「待つ」歌は切実さが溢れている。同じく万葉集から数首を挙げてみるが、いかにも率直な感じのものが多い。

我《わ》が夫子《せこ》を今か今かと待ちをるに夜の更けゆけば嘆きつるかも（巻一二・二八六四）
誰《た》そ彼と我をな問ひそ長月の露に濡れつつ君待つ我を（巻一〇・二二四〇）

天雲のたゆたひやすき心あらば吾《あ》をな頼めそ待てば苦しも（巻一二・三〇三一）
一日《ひとひ》こそ人も待ちよき長き日《け》をかく待たるればありがてぬかも（巻四・四八四）

万葉集にはこういう、男の訪れを待つ辛さを率直に表明した歌が多い。が、これらも決して独白の歌ではない。この時代の恋の歌はまだ実用の域を脱していないから、これらも当の男性に対して待つ身の苦衷を訴えたものと見なければならない。

それに対して、待たれているほうの男の歌は、返事として遣わされるものが多いのだから、早く訪れましょうという意向を示すのが一般ではあるものの、なんとなくいい気なところがある。

いで我が駒早く行きこそ待乳《まつち》山待つらむ妹を行きてはや見む（巻一二・三一五四）
荒磯《ありそや》曲に生ふる玉藻のうち靡き独りや寝《ぬ》らむ吾《あ》を待ちかねて（巻一四・三五六二）

「いで我が駒」の歌は平安朝に流行した歌謡「催馬楽（さいばら）」のひとつにほとんど辞句の等しいものがあるから、あるいは早くから歌謡として世間に流行したものかも知れない。それにしても、男のうわついた気分はこれらの歌によく現れている。

万葉集ですでに幾首もの人の心を打つ「まつ」歌を生み出した女歌は、古今集にも印象深い作品を残している。

来《こ》めやとは思ふものから蜩《ひぐらし》の鳴く夕暮れは立ち待たれつつ（巻一五・七七二）
月夜には来ぬ人待たるかき曇り雨も降らなむ侘びつつも寝む（巻一五・七七五）
いま来むと言ひしばかりに長月の有明の月を待ち出でつるかな（巻一四・六九一）

前の二首は読人知らずだから、古今集の時代でも古いほうに属するものかも知れないが、最後の一首は素性法師という作者名が明記されている。男性で、しかも法師である人が恋の歌、それも女の身になってこういう歌を詠んでいるということは、すでに恋のさまざまな境遇が文学の題材となり、作者たちが架空の立場に身を置いて空想をほしいままにする創作の時代に入ったことを語っている。古今集となると、もはや実生活の上の経験ばかりでない。さまざまな創作が妍を競うようになっているのだ。赤染衛門はそれからさらに百年も時代が下っての人物だが、その間に恋の文学がどれほどの進展を見せたか、「やすらはで」の一首からもその背景がうかがわれるだろう。

「待つ宵」の名歌の数々

ついでに言っておきたいのは、右の素性法師の歌が単に男を待つ女の秋の一夜の体験を空想しているのではないことだ。古く、結婚は秋を季節としていたものらしい。春に約束を交した男女が秋を待って結婚する。結婚が秋の季節のものだった時代があるらしい（拙著『新考王朝恋詞の研究』）。だから、この歌の主人公である女は、秋になって男の訪れを待っていた。「いま来む」はすぐに行くよという、別れに際しての男の常套句だが、女はそのことばを信じて文月（七月）・葉月（八月）と待ち過ごし、秋も最後の長月（九月）となって、それも有明の月の出る下旬の頃になってしまった。もはや男の訪れはないかも知れない。契りおいたことばは反古になろうとしているのではないか。そんな思いにもだえるように、月に向って物思いをしている。非常に劇的な設定を凝らしてある歌なのだ。

こういう印象の深い歌が世間に流布するようになると、その作者の名は歌とともに世間に印象されるようになる。平安末期に二条院に仕えた小侍従という女房は、世間で「待つ宵の小侍従」とあだ名されていた。新古今集に入集している、

待つ宵に更《ふ》けゆく鐘の声聞けば飽かぬ別れの鳥はものかは（恋歌三・一一九一）

の歌の作者として世間に知られていたからだ。王朝の文学的な競技として、春と秋とどちらの情趣が優れているか、うぐいすの声と時鳥とどちらがよいかなど、いろいろな題目について優劣を論じ

て楽しむ遊びがあるが、「暁の別れ」の悲しさと「待つ宵」の辛さとどちらに軍配を上げるかも、優劣の拮抗する題目のひとつとして有力なものだった。それにきっぱりとした判断を示して見せたところに人気があったものだ。待っても来ない人をもしやに望みをかけて待っている。「やすらはで……」と同じ境遇だが、待つ宵にはもしやという頼みがあるだけに、その辛さは暁の別れなど問題にならない。女でなくとも、その辛い思いには人を同感させる力がある。「待つ宵の小侍従」はいかにも恋に悩む作者の面影を彷彿とさせる呼び名だった。

もっとも、この歌が有名になって後に、小侍従のもとに通っていた後徳大寺実定がある明け方、暁の別れにいつまでも見送っている女のあわれさに感じて、供人の蔵人になにかひとこと言って来い、と命じたことがある。蔵人はとっさのことで思案に迷ったが、

ものかはと君が言ひけむ鳥の音の今朝しもいかに悲しかるらむ

と言いおいて、戻ってその旨を報告した。あなたが「飽かぬ別れの鳥はものかは」とお詠みになった、その鳥の声が今朝はなんと切実に悲しく聞かれるのでしょう。「待つ宵の小侍従」と名を取ったあなたの歌に反して、「暁の別れ」の劣らず悲しいことです、と言ったもので、こちらは「暁の別れ」に軍配を上げたわけだ。主人に代わってその心をよく表したばかりでない。「待つ宵」と

「暁の別れ」という優美な論争に参加して一石を投じたところがなかなかの教養の程を示している。この歌がまた秀歌だというので、作者の蔵人は「ものかはの蔵人」という名を取って、世間に騒がれたと言う。『十訓抄』などに伝えられた逸話だが、こうして「暁の別れ」と「待つ宵」のいずれが身に沁みるか、論争はさらに持ち越されたことになる。

それはともかくとして、「待つ宵に……」の歌をも含めて、新古今集の恋の部には「待つ」を主題とした名歌が星のようにちりばめられている。もちろん、新古今集になると、実際の経験、実用の応接の歌は少なく、題詠として、百首歌などに詠まれたものが多いのだが、それは現実の恋を越えて、「恋」という優美な境涯が人間生活を美しく彩るものだという発見が歌人たちを創作に駆り立てていたのだ。

あぢきなくつらき嵐の声も憂しなど夕暮れに待ちならひけむ（恋歌三・一一九六・定家）
頼めずは人を待乳《まつち》の山なりと寝なましものをいさよひの月（恋歌三・一一九七・後鳥羽院）
人は来で風のけしきも更けぬるにあはれに雁のおとづれて行く（恋歌三・一二〇〇・西行）
帰るさのものとや人のながむらむ待つ夜ながらの有明の月（恋歌三・一二〇六・定家）
生きてよも明日まで人はつらからじこの夕暮れを訪はば訪へかし
（恋歌四・一三二九・式子内親王）

恋によって人生を知る

新古今集の恋の歌となると、歌人たちが競って着想にくふうを凝らし、修辞にも技巧の粋を見せているから、多少の解説を加えておく必要があるかも知れない。

「やすらはで……」の歌と似たところのあるのは二番目の後鳥羽院の歌だが、いざよいの月を表面に出しながら、実は必ず行くからと信頼させた男を恨んでいる。「頼めずは」――人を信頼させたりしなければ、いっそのことさっさと寝てしまったものを、いざよいの月に誘われて（実は男のことばに頼みをかけて）とうとう月の入る頃まで起きていてしまった。そういう恨み心の意義の本筋に、本歌とした「頼めこし人を待乳の山の端にさ夜更けしかば月も入りにき」（新古今集・雑上・読人知らず）の歌をまつわらせ、たとえ人を待つという待乳の山であろうともさっさと寝てしまえばよかったのにという意味をかけている。「頼め」「待つ」などのことばに本義を示しながら、情調纏綿と来ぬ人への恨みを表出する。いかにも新古今的な発想であり修辞である歌と言えよう。

最初の定家の歌の「嵐」は山おろしの風を言うことばだが、山から吹き下ろす風の音が夕暮れにはひときわ身に沁みる。時もあろうにその夕暮れという時間が人を待つ時間となっている。人の世のそんな習慣が恨めしく思われる。ほっと溜め息をつきたくなるような恋の一場面だが、四首めのもうひとつの定家の歌は、夜更けまで男を待ち続けて有明の月が出るまで待ってしまった女が、この月を恋人に会っての帰り道に眺めている男もいるだろう、と思っている。きっと逢う瀬を思い返しながら眺めているに違いない。自分の待っている男がそれだと言うのではないが、幸福な恋と悲しい恋と対比させているところなど、非常に技巧的な歌と言うことができるだろう。

西行法師の「人は来で……」の歌や式子内親王の「生きてよも……」の歌は一読して意味内容の受け取られる平易な仕立てを持っているが、西行のほうは待っている女の周辺を描いて、夜更けを思わせる風の音、心にしみる雁の声と、最もあわれの深い景物を取り合わせている。しかも、季節は秋。枕草子が「秋は夕暮れ」と決定づけた、最もあわれの深い季節の、夕暮れよりはやや時を経過して、それだけ待っている身の煩悶を思わせる時間を選んでいる。何気ないことを言っているようで、景物の配置にいかにも西行らしい技巧が秘められている。その客観的な描写とは一変して、式子内親王の「生きてよも……」はまったく主情的に、待つ女の耐えがたいまでの煩悶、生きるに堪える極限という激情を吐露して、読む者の心を揺すぶらずにおかない。

新古今時代は「待つ」女の歌の頂上を極めた時代と言ってよく、閨怨の文学の究極に達したと思わせる。しかし、考えてみると、女歌の優れたものは古くから「待つ」歌が多かった。女歌の始まりのように言われている衣通姫の、

わがせこが来べき宵なりささがにの蜘蛛のふるまひかねてしるしも（古今集・仮名序）

にしても、額田王の、

君待つとわが恋ひ居《を》ればわが宿の簾動かし秋の風吹く（万葉集・巻四・相聞）

にしても、みんな待つことを主題としている。女の「待つ」生活の悩みや苦しみが、恋における女の生活のほとんど最大の関心事となっているのだ。

これらを代表として、恋が和歌史に与えた影響は大きかった。それは単に文学の上でのことでなく、日本人の精神史上の問題だったというほうが正しいだろう。新古今時代の大先輩で歌壇の指導者だった藤原俊成は、

恋せずは人は心もなからましもののあはれもこれよりぞ知る（長秋詠草）

という歌を残している。恋をしなかったならば、人は人としての心を持つこともないだろう。「もののあはれ」と呼ばれる、ものに感じる美しい心も恋によって初めて知ることができるのだ。こういうふうに、恋の人生論的価値をはっきりと自覚した歌だ。恋によって人間が人生のあわれを知り、人間生活の美しさを知る。王朝びとが和歌を学ぶとともに恋について学んで得たのは、恋が人間を

浄化し、ものに感じる心を養い、真の教養ある人間へと昇華せしめる大きな契機になるということだった。

それは王朝末期の新古今集の時代になってはじめて意識せられたことではなかった。恋を高級なもの、優美なものとする感情は古今集が重んぜられ、源氏物語が愛好されるのと並行して、すでに王朝びとの間に育て上げられてきていた自覚だった。「あはれ」とか「心あり」などのことばが自然に対する理解と同時に、人生、分けても恋に対する評価を示すことばだった。

いま来むと言ひしばかりに

「いま来む」ということばが女のもとに通う男の別れに際しての常套句だったということを先に述べたが、「来（く）」という動詞は今日の「来る」と多少語義に相違がある。今日の「来る」が話し手の所在を意識の中心に置いて、他者がその方向へ向って来ることが「来る」なのに対して、王朝時代の「来」は聞き手の所在を意識の中心に置いて、聞き手のほうへと誰かが来ることを意味することばだった。通って来た男が別れぎわに「いま来む」と言うのはあなたのところへすぐに来ますよという内容を表現している。

夏の夜の月いとおもしろきに、「来む」と言へりければ（平中物語第一二段）

という用例などが明らかに示すように、おうかがいしますよと言ってやるのも「いま来む」なのだ。男が帰り際に言うことばも、来訪を告げてくることばも「いま来む」なのだから、このことばは印象が強い。

蜻蛉日記の一節には、兼家が口癖のように「いま来む」と言って帰って行くのを、やっと片言を言うようになった道綱が口まねをして「いま来む」「いま来む」と言うのを作者が辛がっている記述がある。男の「いま来む」は本当に明日にも来ようということなのか、女の心を安らかにさせるための口先だけのことばなのか、保証はない。それを聞き慣れた女だけがそのことばにこもる真実性を測り知ることができる。蜻蛉日記の兼家はそう言って帰って行ったきり幾日も来ないのが常時のことだったから、こどもまでが口まねするその常套句を作者はしんから辛く思って日記にも書き留めている。恋愛関係にあるにせよ、結婚後であるにせよ、男の来訪には保証がない。男の愛情と誠意とをどれほど信じられるかだけが女の心頼みなのだ。蜻蛉日記には兼家の行列がわが家に向ってくるので胸を躍らせていると、門前を素通りしてよそへ行ってしまったというような経験をも記している。「前渡り」ということばでそれは言われているが、「前渡り」は祭の行列が見物の前を通過して行くことだ、と折口信夫は解説していた。

男の「いま来む」ということばに頼みをかけて辛い思いを重ねた王朝女性のどれほど多かったことか、推量に余るものがあるが、そうして待ち暮らす毎日に飽き疲れて、蜻蛉日記の作者などは山寺に移って身の行く先を思い煩っているが、そのまま出家するだけの決断を持つこともできずに都に帰った作者を、兼家は「あまがへる（雨蛙＝尼返る）」とあだ名してからかったりしている。本当にそのまま尼になってしまう女もいたことだろう。若さや容姿に自信を持つ女はほかからの言い入れに従って別の男との関係に移って行く者もあったろう。男を待ち続ける女の心境は今日の男女の想像も及ばないほど切実なものだったろうと思われる。そういう中で、世間的な知恵もはたらかず、ただひたすら男を信じて待ちに待ち続ける女を描いて見せたのが源氏物語の末摘花の話だ。

大輔の命婦のことばに乗せられて末摘花に逢ってみた光源氏は暗闇の手探りになにやら納得のゆかないものがあり、雪の日の朝、端近いところに誘い出して初めて女の姿を観察する。すると、まず居丈《いだけ》（座高）が高く、猪首に見えるのに驚かされる。やっぱりと胸を突かれたところに、これはと目に映るのが鼻だった。あきれるほど長く伸びていて、先の方が垂れている。それが赤く色づいているのだから、いやでも目がいってしまう。額が腫れたように突き出して、青みを帯びて白い顔が長くて、着物の上から見ても骨が突き出て見えるほど痩せている。啞然となった光源氏だが、さらにその歌の詠みぶり、文の書きよう、事ごとに呆れさせるほどの世間離れした異様さだった。さすがの光源氏もしばらくは訪れる気にもなれなかったのだが、光源氏がそこらの好き者（好色漢）と違うのは、呆れてしまいながらも、常陸の宮の姫君が男に捨てられたという評判が立ったのでは立つ瀬がなかろう、面目を潰さない程度には扱わなければ、と思いやりをはたらかせていることだ。

大輔の命婦の懇願もあって、時々は訪れて、生活の上の扶助なども続けていた。

末摘花というニックネームは、この赤鼻のお姫様を紅花を意味する「末摘花」をもって呼んだものだった。ところが、弘徽殿・右大臣一派との政争のためみずから須磨に退去せざるを得なくなった光源氏には、もうこの人の生活の配慮にまで気を回す余裕はなくなってしまった。もちろん姫宮のほうでも世間の噂で光源氏が都を離れたことは知っているから、状況はこれまでと違ってくる。最初のうちはなんとかやりくりをしてもいただろうが、次第に生活は逼迫してくる。だが、世間知らずの姫宮はひたすら光源氏の帰京を待つ以外に心を振り向けるものなく、日を過ごしているのだった。

待ち通した女の物語

もともと荒れていた宮の内は、今や狐の棲み処となり、朝夕にふくろうの声を聞くという有様。女房たちも縁故のある者はみな去って行って、乳母子（めのとご）の侍従以外に気のきいた女房などいなくなってしまう。その侍従が斎院にも出入りしていて、そちらでいただくものでなんとか口を過ごしていたのが、斎院も亡くなって、なんの実入りもなくなってしまう。財のある受領などがこの宮に目をつけてお売りにならぬかという話をもってきたりするが、「親の御影とまりたる」住みかと思えばこそ、荒れていようとも心を慰めて住んでいるのに、めっそうもないというおことば。

古い調度などが昔風に立派なのを譲っていただきたいなど言ってくる者があっても、自分が使うようにと思って残してくださったものをどうして手放されようと言って、お許しがない。生活は窮迫の一途をたどるばかりだった。

そうしているうちに光源氏が許されて都にお帰りになったということで、世の中は大騒ぎになり、この宮にもかすかな希望が持たれるのだが、多忙を極める光源氏の心には末摘花のことなど思い出されもしない。そこへ頼みとしていた侍従を姫の叔母君が夫が大宰の大弐（大宰府の次官。事実上の最高位）になって下る機会に連れて行きたいと言う。実はその甥という人が侍従と言い交した仲になっていて、一緒に筑紫へ下ると言う。姫宮も侍従も泣く泣く別れるほかはないが、その後の宮の生活は悲惨を極める。寝殿の一角に、姫宮と老い女房数人とがあるとも知られぬ生活を続けているのだった。そして、姫宮ひとりを除いては、時流に乗って、紫の上とその幸福な生活を楽しんでいる光源氏の訪れが再びあろうとは、もはや思いもかけていないのだった。

光源氏が帰京して一年も経った頃、ふと花散里を訪ねようとした光源氏の車が、この宮の前を通りかかる。木立に見たようなという記憶があって車を止めさせた光源氏が、あの宮の邸だったと思い出して、惟光に様子を見に入らせる。すると、崩れ残った殿舎の一角に、姫宮を囲んで数人が暮らしている。こうして、末摘花の側から言えばまさに劇的な再会、対面が行われるのだ。光源氏もさすがに感動してさまざまに扶助し、やがて二条の院の東の院に引き取るが、末摘花を終始滑稽に描いてきた作者がここでは疑うことを知らぬ女の徹底した「待つ」心を描いて、一篇の喜劇を構成したのだった。

末摘花は危うく餓死に至る前に救われたが、今昔物語が伝えている六の宮の姫君は同じように言い交した男のことばを信じて待ち続けたあげく路傍に命を終えることになる。芥川龍之介が作品化したのでよく知られている話だが、折口信夫は末摘花もあと一歩で同様な運命に至ったかも知れない、王朝社会の現実としてあり得たことだったのだ、と解説している(「国文学」新編全集第一六巻)。

最後に付言しておきたいのは、「通う男に待つ女」の風俗が王朝をもって終ったのではないことだ。民俗生活の上では男のヨバイが近代に至るまで続いていて、そのひそかな訪れを女が待つことが絶えていない。民謡や芸謡に、たとえば、

ストトンストトンと戸を叩く
主さん来たかと出てみれば
空吹く風にだまされて
月に恥ずかしわが寝顔　(ストトン節)

などと歌われるのは、その種の「待つ」生活だ。

さらに有力なのは、近世の遊里の生活が擬制的に恋する男女の逢う瀬を演出しているという事実がある。男性がなじみになった遊女のもとに訪れるのを、あたかも恋する女のもとを訪れる男と見立て、遊戯的な恋愛感情を付与して楽しむことが真実と虚偽との境界を出入りして、時には男女ともに虚偽の中に真実を見ようとするようになる。遊廓に心中立てが流行し、時には情死事件が起こるなど、王朝生活の「通う男に待つ女」の心情が時代を越え、実生活を超越して復活しているかの観がある。「かよふ」と「まつ」の生活が日本人の心理に継承されている根強さには、改めて反省してみるだけの価値がありそうに思われる。

第四章　恋の名告りの意義

ヨバイの零落

数多い恋詞（恋愛・婚姻語彙）の中でヨバイということばほどその品格において、極端な下落を経たものはないだろう。このことばは古くは記紀の歌謡等に見えていて、今日に至るまでその用例が続いているのだから、ほとんど日本民族の歴史と共にあったと言うことができるだろう。しかし、古代の堂々たる用例が次第に下落して卑猥な感覚を伴うようになり、今日では改まった席で口にするのを憚られるほどに品位を欠くことばになっている。現代のわれわれは、たとえば深沢七郎作「東北の神武たち」に、貧しい農村の次男・三男たちが村の娘や後家の寝所に忍んでゆく風俗が描かれている、そういう行為をこのことばから思い浮べるのだが、こういう民俗の生活に見られるヨバイなどはその由来を忘れられて、とかく好色とか風儀の悪さを問題にして軽侮の念をもって受け取られている。

実は、民俗におけるヨバイは一部に好色の対象として卑猥な連想を持たれておりはするものの、基本的には決して風儀の悪い生活を意味することばではない。たとえば、近世・近代まで各地に見られた風俗だが、娘たちが年頃になると、娘宿に集って糸を引くなど夜なべしごとをしていて、そこに若者たちが遊びに来たりする。それらの中に自然気が合って結婚を望む者があると、宿親が仲に立って双方の親を説いて夫婦にしてやる。伊豆の八丈島では、娘宿に泊りに行く若者をヨバイトと称したことが『八丈実記』に記録されている。中には婚約前に私通関係を持つ男女をもヨバイトと呼ぶことがあったらしいが、少なくとも村社会に公認されたヨバイがあったことが認められるだろう。能登の輪島の海士《あま》部落では、婚約の成立に際して娘の年季を定め、ある期間娘を実家のために働かせてから婿の家に送る。その期間、夜は婿が嫁の家に通ってくるのだが、朝晩嫁の家のヨバイグチから出入りするという決まりになっている。こういう、なんのやましさもないヨバイがあったのだ。ヨバイが公然たる社会生活の一端だったことは、このほか多くの例証を挙げることができる。

それと同時に考えてみなくてはならないのは、結婚が誰にでもでき、誰にでも認められたことではなかったことだ。瀬川清子の『婚姻覚書』に江馬三枝子の記述をも引きながら述べられているることだが、合掌造りで名高い飛驒の白川村では結婚を認められるのは長男だけで、あの大きな建物に住む大家族の主人である夫婦だけが夫婦として暮らしている。次男・三男は同じ家に寝起きし、生活していても、結婚を認められることはなかったのだ。もちろん、村内の近隣に男女が暮らしており、村外からの来訪者もあることだから、たがいに好き合う関係はいくらもあり得たに違いない。だが、たとえ男女相互の合意があり、周囲からもその選択が認められたとしても、ふたりが同居することはなく、男が女方に通うという生活が続くに過ぎなかった。こういう関係はナジミと呼ばれたが、女は内縁関係の契約の印として手印を求め、それがこどもができた時の証拠だったという。どこの家でも、家の娘たちが生んだこどもがいるだけで、息子たちの子は他家で育っている。こういう生活が事実としてのヨバイだったことは確かで、民俗の事例の一種に過ぎない。そして、この種の風俗は決して白川村だけの特例ではなかったのだ。

こういう民俗生活の見渡しの中で考えてみると、ヨバイは卑猥な感情をもって呼ばれることばでなく、ある種の生活の方式を意味する民俗語彙のひとつに過ぎなかった。柳田国男が称したように「ヨバイの零落」がこれを卑しいことばへと貶めたのだった。

もうひとつ、ヨバイを卑しくしたのは近世の文学が性欲や男女関係について開放的であり、好んでこれを題材にしたことが、ヨバイを好色や好奇心の対象にしたということがある。ことに川柳や俳諧など、笑いを文学の種としたものが好んでこれを題材にした傾向がある。ひとつだけ例を挙げておくが、

片月見せないものだと下女へ這ひ

という句がある。八月十五夜の月見と九月十三夜の後の月と、両度の月見の一方を欠くものではないという言い伝えがあるが、八月十五夜の晩に下女のもとに忍んだ主人が九月十三夜にまた忍んで来て、片月見ではいけないから今夜もまた、とおかしな理屈をつけて下女に迫っている場面だろう。「夜這ひ」と言わないで単に「這ふ」と言っているのは、音数の関係もあるが、「夜這ひ」を使い慣

れて、略して「這ふ」で分かるほどにこのことばが頻繁に使われたことを示している。それと同時に、ヨバイということばが夜間に這い入る、女のもとに忍び込むという理解をされるようになったことをも示している。

「よばひ」の語原と語義

近世の文学はことに遊里の生活を題材とすることが多かったので、必然的に好色に偏しているが、そういう背景の中でヨバイの語感も夜這いを連想し、下がかった好奇の対象になったことが考えられる。しかし、ヨバイに「夜這ひ」を連想するようになったのは近世に始まったことではない。竹取物語は源氏物語の時代にすでに「物語の祖（おや）」と呼ばれているくらいだから、作り物語の始祖として、おそらく平安朝初期の作品と意識されていたものだろう。この物語は故意に滑稽な語原説明を試みて笑いの種にする傾向を持っていて、燕の子安貝を手に摑んだつもりの男が貝でなかったことに落胆して「かひなのわざや」と嘆いたところから、予期に反することを「かひなし」と言うようになったなどと、落語めいた笑いを随所に試みている。そのひとつの例として挙げられるが、かぐや姫のもとに多くの懸想人が寄り集まってきたというくだりで、

夜は安き寝《い》も寝ず、闇の夜に出でても穴をくじり、ここかしこより覗きかいまみ、惑ひあへり。

さる時よりなむ、よばひとは言ひける。

と述べている。懸想人たちが夜やって来て這い歩いた、それで女のもとに忍び込もうとすることを「よばひ」と言うようになったという語原説明を試みているのだ。「よばひ」がこの時代からすでに夜に這い込むという連想を持たれていたことが分かるし、竹取物語も「よばひ」の零落に一役買っていたことになる。

枕草子の「星は」の章段にも、

星はすばる。(中略)よばひ星だになからましかば、まして。

とある。流星を意味する「よばひ星」の語感を嫌っていることが分かるが、『和名抄』にもヨバイボシの語は見えているし、近いところでは、徳島県祖谷《いや》地方の方言で流星をヨバイボシともヨメイリボシとも言っている。流星を男の通いと見立てた呼称だったのだろうが、清少納言はやはり「夜這い」の連想を感じてこの語を憎んでいたものらしい。だから、このことばは早くから本義としてある種の結婚方式を意味するとともに、一方に卑猥な性交渉への連想を伴っていたのだろう。

しかし、「よばひ」の本来の意義はまったく別のところにあったと考えられる。「よばひ」は「よばふ」という動詞の名詞に転じた形で、「よばふ」は「よぶ」の活用語尾がさらにもう一段別種の語尾体系を伴った、いわゆる再活用の動詞なのだ。住む→住まふ、語る→語らふなどの類だ。だから、もとの「呼ぶ」の意義をも一部にとどめていて、

……笞《しもと》とる里長《さとをさ》が声は寝屋戸《ねやど》まで来立ちよばひぬ……（万葉集・巻五・八九二）

宇治川は淀瀬なからし網代人《あじろびと》舟よばふ声遠方《をち》近方《こち》聞ゆ（万葉集・巻七・一一三五）

など、いくらもその例を見ることができる。一方「よぶ」にも「よばふ」の意義が含まれていたようで、

牽牛《ひこぼし》の妻よぶ舟の引き綱の絶えむと君をわが思はなくに（万葉集・巻一〇・二〇八六）

というように、妻を求めるという意味に「よぶ」が用いられている。つまり、ひとつの動詞に含まれている意義の一部が頻繁に使用され、独立性を高めてくると、その区別を明瞭にするために、さらに別種の語尾体系を付加して活用語尾を異にしてくるのだ。大きな声で相手の注意を引く意味の「よぶ」が特に求婚のために大きな声で相手に呼びかける場合、それを区別して「よばふ」を用い

るようになったのが「よばふ」の最ももとの意義で、それが後には声を出して呼ぶ呼ばぬに拘らず、求婚のほうに意義の中心を移してしまったのだ。

権威のある「よばひ」

「よばひ」の用例の最も古い時代の、そして最も本格的な用法として権威の認められるものは、たとえば神代記に見られる大国主の神が沼河比売（ぬなかはひめ）のもとに求婚に行った時、その家に至って詠みかけたという長歌などに見られる。その冒頭部に、

八千矛の　神の命は　八島国　妻求《ま》ぎかねて　遠遠し　高志《こし》の国に　賢《さか》し女《め》を　ありと聞かして　麗《くは》し女《め》を　ありと聞こして　さよばひに　あり立たし　よばひに　あり通はせ……（後略）

と用いられているのがそれだ。国造りの神として称えられる大国主が妻としてふさわしい女性を求めて、心賢しく、容姿美麗なという評判の高い沼河比売のもとに「よばひ」のためにはるばるとやって来たと歌い始めている。この歌に見られる「よばひ」は堂々としたもので、その語義に卑しいところなどまったく見られない。天の下第一の男性として、それに相応する妻を求めてやって来た。

そして今、「よばひ」を行なっているのだという高いプライドが示されている。

この歌は古事記の記述としては大国主の伝記の一部とされているが、実際には古代の天皇族の結婚の起原として伝承されたと推測され、歴代の結婚に際して、これに倣って儀礼的な長歌が歌われたものだろう、と折口信夫は推定している。この歌と固有名詞を入れ替え、辞句も変化してはいるが、万葉集の巻十三には、

隠口《こもりく》の　泊瀬《はつせ》の国に　さよばひに　わが来れば　たな曇り　雪は降り来　さ曇り　雨は降り来
……（後略）

で始まる長歌、それに応えて、

隠口の　泊瀬小国に　よばひせす　わが天皇《すめろぎ》よ……（後略）

と歌い返す問答歌の一組がある。おそらく結婚のある段階で、女の寝屋戸に立って、男が「よばひ」の歌を歌い出す。女がそれに応じて許諾の意志を示す歌を歌い返し、その後に男が女の寝所に入ることが許されたものだろう。

これらの形式と多少の相違があるが、「よばひ」の原義により相応していると見られるのは女の寝所近く男がわが名を名告っていると見られる用例のあることだ。神楽歌の「朝倉」は、

朝倉や木《き》の丸殿《まるどの》にわがをれば
わがをれば名告《の》りをしつつ行くは誰

というものだが、新古今集では「わがをれば」の繰り返しを省き、最後の句を「行くはたが子ぞ」と和歌形式に整えて、天智天皇の御製としている。「木の丸殿」は古来諸説があって、校倉（あぜくら）のことで、当時の宮室の制だったとか、丸木の殿のことだとか言われているが、「朝倉」の語から斉明天皇が九州の朝倉の宮に居られたことを連想して、そういう歴史事情にかこつけた理解をする傾向があったのだろう。しかし、歌自体として見れば、女の籠る家屋に近く、男が訪れて求婚のためにわが名を名告っている様子がうかがわれる歌で、「よばひ」の内容として、男がみずからが何者であるか、名告りをするのが習俗の要点であったと推測される。

隼人《はやひと》の名に負ふ夜声《よごゑ》いちじろく吾が名は告りつつまと頼まむ（万葉集・巻一一・二四九七）

の歌は訓読に問題があって、下の句をどう読み下すか、説が分かれているが、右のように読み下すのが最も名告りの原義にかなうかと思われる。隼人は九州南部に勢力を持っていた種族で、蛮勇をもって知られていたが、大和宮廷に服属して以来は宮門の警護に当り、また大嘗祭その他の儀式には吠狗という犬の吠え声に似た特種な、呪的な声を発することで知られていた。「隼人の名に負ふ夜声」と譬えられているくらいだから、男が「よばひ」のために発する声も恐ろしげな、力のこもった発声だったのだろうが、名高い隼人の夜声ほどにはっきりとおれはわが名を名告った、だから、これからはそなたを妻として信頼をかけよう。そんなふうに解することができるかと思う。第五句は「夫《つま》と頼ませ」と訓んで、これからはおれを夫として信頼しろと言っていると解するのも悪くないが、巻十一では少ない漢字で意味を生かしている用字が多く、ここも「孋」という字を用いている。「孋」は恋人段階にある女性を表す文字だとされているから（稲岡耕二説。『万葉集全注』）、男が自分に従い寄る恋人として一段深い間柄になろうと呼びかけているものと見ておきたい。

ともかく「よばふ」という行動が何を目的とするかということはこれらの例で明らかになる。「よばひ」とはわが名を名告ることであり、男が家名を明かしてその愛の信実を訴え、女にもそれに相応する反応を期待しているのだ。

万葉集の冒頭に、大歌として最も重要な歌であることを表示して配されている雄略天皇作とされる長歌、

籠《こ》もよ　み籠持ち　掘串《ふぐし》もよ　み掘串持ち　この岡に　菜摘ます子　家告らへ　名告らさね……（中略）吾《わ》こそは告らめ　家をも　名をも（万葉集・巻一・一）

も状況こそ異なるものの、わが家筋や名を名告って、女に対しても家名を明かすことを求めている。「吾こそは告らめ家をも名をも」という歌句に続いて、われこそはどこそこの宮に天の下しろしめす何々の大君なるぞ、という堂々たる名告りがなされたに違いない。もちろん、天皇の名告りに対して女が拒むことはあり得ない。かくして雄略天皇の后妃のひとりとの結婚が成り立ったので、大歌の集としての万葉集はこのように天皇の「よばひ」の歌を記録にとどめたのだった。

神と精霊の対立として

威力ある「よばひ」に対しては、その対象となった下位の相手は、求められた家名を明かし服従を誓わざるを得なかった。身分に上下の差のある場合、結婚は必然のものとして成立するのだった。古事記の天孫降臨の神話では、宇受売《うずめ》の命が魚類ことごとくを集めて、天つ神の御子に仕えまつるかと意志を問うた時、みな仕えまつると答えた中に、海鼠（こ。なまこ）だけが何も答えなかった。宇受売の命は怒って、「この口や答えせぬ口」と言って、紐小刀をもってその口を切り裂いた。それで今に至るまでなまこは口が裂けているのだという。「よばひ」もこういう問いかけと同種の論理に支配されているものと考えていいだろう。威力ある問いかけに対しては答えをせねばならぬし、その答えは相手の望むところに従うことを誓約するものであるはずだ。

このような事実は折口信夫の説く神と精霊との対立の論理に入ってくるもので、神は精霊に対して服従を求め、みずからの意志に従うよう誓約することを求める。精霊は口を開けば結局は神に従わざるを得ないので、最初は固く口を閉じて答えまいとする。折口信夫は能の癋（べしみ。鬼神・天狗などを表す異形の面）はものを言うまいとする精霊の表情を表したものだと言っているが、口を「へ」の字に結んだその面は頑固に抵抗しようとする形相を見せている。しかし、いずれは神の威力に屈しなければならぬので、いったん口を開くと、神のことばの口まねをしたり、逆を言ってみせたり、滑稽をもってごまかそうとするなど、手段を尽して服従を逃れようとする。いわゆる「もどき」をもって抵抗するのだが、所詮は神の意向を逃れることはできない。こういう論理が古代の結婚の上にもはたらいていることが認められる。ことに、祭りの庭において、神に扮した男性が精霊としての女性に問いかけを行い、女性がこれに応えて聖なる結婚が行われるという習俗が古代の結婚観の根底にあったことを考えると、「よばひ」は結婚の手続きの一種と言ってよく、結婚進行の一段階と考えてもいい。

沖縄本島の北部、本部半島に近い古宇利島については、柳田国男が「古宇利島の物語」（『木綿以前の事』所収）の冒頭に、島人の元祖は兄妹二人のはらからであったのが霊鳥に教えられて夫婦の縁を結んだという伝承のあることを述べている。神代紀の一書に伊弉諾《いざなぎ》・伊弉冉《いざなみ》の神が鶺鴒の動作を見て交合の道を知ったとある記述と同種の伝承だが、この小島にそんな伝えのあることを、柳田は島の名のコウリが恋を意味することとともに感慨深く記述している。ウンジャミの祭りの採集に行った際、筆者が現地で聞いた話では、かつては神役のある家筋の男女が祭りのある段階で実際に房事を行うしきたりであったそうで、神事の行われるその部屋まで指して教えられたから、事実に違いないと思われる。何十年か以前、その役の娘が泣いて拒んだために以後行われなくなったということだった。人が遠い神代の結婚を学んで、今の世にも結婚を行うのだという観念は、かつての日本人の生活には否みがたく染みついていたことだろう。

結婚を意味する古語のひとつに「まぐはひ」ということばがあって、抽象的にも、また具体的な行為としても用いられるが、このことば本来の意味は「目交ひ」であって、男女が出会って、たがいを評価する際に目と目を見交すのがその原義だ。今日それが遊戯として残ったのが「にらめっこ」だろう。大国主の命が須勢理毘売《すせりびめ》に出会った際にも、山幸彦が豊玉毘売《とよたまびめ》に出会った際にも、神代記の記述には必ずこのことばが用いられていて、結婚の最初の段階で、男女がたがいに目の霊力をもって争ったことが示されている。

古事記の天孫降臨の際、天の八衢《やちまた》にいて、上は高天の原を、下は葦原の中つ国を照らしている神がいた。眼光烱々として四方を睨んでいるという姿だろう。天孫の一行が通りかねている時、天《あめ》の宇受売《うずめ》が選ばれて、お前は女ではあるが、「い向ふ神と面勝《おもか》つ神」である、だから行って何者か問うて来いと命ぜられた。つまり他者に対して顔負けしない強さがあるということで選ばれたのだろう。宇受売は首尾よくこの神に睨み勝って、天孫のために降臨の道を開く。この話も猿田毘古《さるたびこ》の神と宇受売の命との結婚に関しているが、こういう霊魂信仰の要素なども古代の結婚に伴う論理を形成している重要な箇条だったのだ。

折衝としての「ことどひ」

「よばひ」以外にもこの種の古代社会のさまざまな宗教的、ないしは霊魂信仰的論理が結婚に関して古代の人々を支配していたことは少なくない。

ことの順序として言えば、「よばひ」の後に「まぐはひ」があり、その後に「ことどひ」があったということになるだろう。「ことどひ」は「ことど」を動詞化した「ことどふ」の名詞形だとするのが折口信夫の説だが、「ことど」は神代記の伊耶那岐《いざなぎ》・伊耶那美《いざなみ》の命が黄泉比良坂《よもつひらさか》で夫婦の縁を絶とうとする時に「ことど」を渡したとあるほかには、万葉集に一例というくらいに用例の乏しく、難解とされている語だ。しかし、「ことどひ」には、

ただ今宵逢ひたる子らにことどひもいまだせずしてさ夜ぞ明けにける

（万葉集・巻一〇・二〇六〇）

などのような用例があって、これがいわゆる恋の語らいを内容としていることが推定される。伊耶那岐・伊耶那美の命の「ことどわたし」を絶縁のための語らいと見れば、語義に通じるところのあることが理解できる。一般には、男を迎え入れた女が男との語らいにある時間を経て、多くは合意を得るに至るのだろう。

時代は下がるが、『三代実録』の仁和三年八月十七日の条に、内裏の武徳殿あたりを歩いていた三人づれの女のうちの一人が松林の間から出て来た男に呼び止められて、手を取り合って話をしているという場面が描かれている。この話は実はこれが鬼だったという怖い話になるのだが、ここで注目したいのは男女の語らいに手を取り合うという習俗だ。日本人の霊魂観では、手を通じて霊魂が身に付くことを信じているので、相撲の手乞いも手を取ることで相手の霊魂を引き寄せようとするもので、狂言の相撲には「お手、お手」と声を懸け合う場面が残っているし、手習いなども筆を持つ手を通じて物語や文章の中に籠る霊魂をわが身に移すことを目的にしている。「ことどひ」にも手を取り合ってたがいの思いを語り合う姿を想像していいだろう。

男女の出会いには必ず名告りや「まぐはひ」「ことどひ」の全段階を経なければならないものでもなかったようだ。山幸海幸の神話では、わたつみの宮に至った山幸彦が海神の宮の門のかたわらの井の上に茂っている桂の木に登って、神の娘豊玉毘売の侍女が水を汲みに出て来た時に一杯の水を乞う。そして、首に捲いていた玉のひとつを玉盌（たまもひ。美しい椀）に唾き入れた。すると、玉は器に付着して取れなくなってしまったので、侍女は姫にそのことを報告する。姫が門前に出て見ると、美しい男がいる。その美しさに惹かれて「まぐはひ」し、父の海神に報告する。この話を記している日本紀の一書では、海神がこの男がいかなる者か試してみようとして三種の座を設けるが、男は堂々と上座の真床覆衾（まどこおふすま）に寛座するので、これは天つ神の血統であると知って最高のもてなしをし、豊玉毘売をもって妻として仕えさせたことが記されている。このように、その挙措動作でおのずから種姓の明らかな高貴な男性の場合には、煩わしい折衝など必要としないだろう。

また、播磨風土記が記録しているように、大和の国の主である景行天皇の地方巡狩を迎えて、地方神に仕える最高の巫女である印南《いなみ》の別嬢《わきいらつめ》が逃れて海上の小島に隠れるというようなこともある。天皇を迎えれば高位の女性がその枕席に侍することになるので、非常の措置をもって逃れようとしたのだろうが、別嬢の飼っている犬が海に向って吠えたので、天皇が事情を察して島に押し渡り、結婚を遂げている。こういう結婚は最初から諾否が決まっているようなもので、別嬢も一旦天皇に従うとすこぶる従順であり、後には大后として日本武尊の母となっている。

それに反して、同じく播磨風土記が記録する伝承だが、讃岐日子《さぬきひこ》の神が冰上刀売《ひかみとめ》をつまどいした時、「否」と答えたにも拘らず、強いてつまどうたので、怒って、人を雇い、兵をもって闘い、追い返してしまったという話もある。結婚は一面闘争であり、族長階級の場合、それは戦争でもあったのだ。結婚の持っている多面性は単にふたりの男女の好悪・愛情などの問題にとどまるものではなかったことが考えられる。

女の側からのヨバイ

ヨバイに関して付記しておかなければならないのは、ヨバイが男の側の積極的な行動とばかりは限らないことだ。これは近世・近代の民俗として採集せられていることが多いが、日本各地にかなり広い分布をもって「女のヨバイ」の習俗がある。四十年も以前に池田弥三郎著『はだか風土記』(のち『男と女の民俗誌』と改題)の中で紹介されているが、若者が離れとか独立した一部屋、あるいは舟小屋の上などにひとりで寝起きしているところへ娘のほうが訪れてきて泊って行く。知多半島などでは、男親は娘の朝帰りを見ると叱るが、女親は娘が出て行ったのを知ると背戸口に水を汲んだ桶を置いておいてやる。朝帰って来た娘は水を汲みに行ったという顔で入ってくるのだそうだ。

伝説となっている話も多いが、比良の八荒の由来とされているものに、大津のはたご屋の娘が旅僧に懸想して、毎夜たらいの舟に乗って堅田の満月寺まで通ったが、九十九夜まで通って百夜めに比良おろしが吹き荒れて恋を遂げずに死んだ話がある。似た話は佐渡にもあるが、少し様子の違ったものでは、信州小県郡神科村の若い女が松代の男のもとへ、毎夜のように幾つもの山を越えて通ってくるというのがある。しかも、必ず二にぎりの温かい餅を持ってくる。男のほうが魔性のものかと疑って怖くなり、途中で待ち伏せをして谷に突き落してしまう。女は夜道が怖いので、出がけに両の手にもち米をしっかり握ってくるのが途中でこなれて餅になったのだったという。こんな話が各地にあるのは、女のほうから通うという習俗があって生まれて来たものだろう。

伊勢物語の斎宮の恋の物語でも「人をしづめて、子《ね》ひとつばかりに」男の寝所に訪れて来たのは女のほうだった。万葉集にただ一例だが、女が男の家に通ったと見られるのは、「柿本人麻呂の妻の歌」という題詞のある、

君が家に我が墨坂の家路をも我は忘れじ命死なずは（巻四・五〇四）

の歌だ。先にも触れたように、万葉集の時代には夫婦が同居することはなかったのだから、この歌は女のほうが男の家に通った、その通い路を思い起こしているものと見られる。

このように女の通いが一方に存したことは断片的な資料ながら、その痕跡を推定させるものがある。さらにその根拠に加えられるのは各地に残る民謡に女のヨバイを題材としたものが幾つか採集

されていることだ。先に挙げた知多半島の習俗に対応するように、

半田亀崎　女のよばい　男後生楽　寝て待ちる（半田＝愛知県半田市、亀崎＝同）

という歌がある。七七七五の甚句形式で、各地のものもこれと地名だけが入れ換わっている、あるいは歌詞の順序が入れ換わっているといった程度の変化だが、その変化に従って配列してみると、

三州新城　女のよばい　男後生楽　寝て待ちる（新城＝愛知県新城市）
見島よいとこ　女のよばい　男後生楽　寝て待ちる（見島＝山口県萩市）
丹波よいとこ　女のよばい　男後生楽　寝て暮らす（丹波＝京都府・兵庫県各一部）
三浦三崎は　女のよばい　男後生楽　寝て暮らす（三浦三崎＝神奈川県三浦市）
相馬流山　女のよばい　男後生楽　寝て暮らす（相馬＝福島県相馬市、流山＝未詳）
遠州浜松　女のよばい　男後生楽　寝て暮らす（浜松＝愛知県浜松市）
岐宿よかとこ　女子が通う　男寝て待つ　後生楽（岐宿＝長崎県南松浦郡）

というようになる。「どこどこよかとこ……」と歌うのは、その習俗のある土地自体でなく、それ

を羨ましがる近隣の町や村だろう。通うことに苦しむ習俗を常としている男たちから見れば、女のほうから通って来るなどというのは天国のような幸せ、すなわち後生楽だから歌にもなるので、「女のヨバイ」はやはり通例ではないという常識を前提にしている。

宮廷では天子が女のもとに訪れることはなく、女のほうが夜の御殿《おとど》に参上する。源氏物語の桐壺の更衣がほかの女御・更衣の居室の前を通って参上するので嫉みを受けるという物語も、宮廷の特殊な習俗の上に立って語られたものだ。折口信夫は女のよばいのほうが大和宮廷本来のもので、いわゆる「よばひ」、男の通いは出雲びとの習俗だったのではないかという推論を持っていたらしい。論文には書いていないが、小説『死者の書』の作中に暗示的にそれを述べている。

それはともかくとして、男の通いが主流となった時代にも、結婚の習俗は必ずしも一様ではなかっただろう。通いの問題だけではない。同じ時代の同じ社会でも、恋から結婚に至るまでのさまざまな段階で習俗は必ずしも一種一様ではなかったのだ。

第五章　出会いと再会

「かよひ」以外の結婚方式

男が女のもとに「かよふ」ということを条件とする結婚が標準のように思われていた後期王朝にも、それ以外の方式をいくつか見出だすことができる。ホテルに出張して来た神様の前で結婚の儀式をすませ、宴会場に移って披露宴へと引き続くのが基準のようになっている近代の結婚方式も、最近ではさすがに型を破る若い人たちが多くなって来たように見受けられる。が、実際にはそれまでにも、地方では昔風の輿入れ、花嫁が男方へ嫁入って来て、男の家で披露の宴が行われる形も存続していたし、第一章に紹介した足入れ婚などもなかったわけではない。一方、都会の片隅では、披露は先のことにして、とりあえず二人が同居することから始めるささやかな結婚も珍しくなかった。いわゆる「同棲」なども、周囲の承認とか法的手続きの問題を別にしてみれば結婚方式のひとつと見なすことにさほどの無理はないだろう。いつの時代にも、生活習俗は日本国中で同じ時期に同じ形式が揃って行われることなど、かえって捜すのが困難なくらいに、変化の遅速、異同があるのが当然なのだった。

これから以下の三章では、いわゆる「かよひ婚」以外の結婚方式に話題を拡げてゆきたいが、まず本章では、男女の当人どうしが出会って恋に陥り、やがて結婚に至る、それもかなり偶然性に導かれた成り行きと思われるので、仮に「出会ひ婚」と名付けておくが、その話から始めようと思う。

日本霊異記の上巻第二話に載せられているので、当時かなりよく知られていた話と思われるが、美濃の大野郡の、後に「狐の直（あたへ）」を姓とした家の祖先になった人の話だ。この人が、「妻とすべき好き孃《をみな》を覓《もと》めて」馬に乗って出かけたところ、途中の広い野の中で美しい女に出会った。その女がしきりに流し目を使ってこちらを見るので、どこに行くのかと尋ねたところ、

能き縁《えに》を覓《もと》めむとして行く女なり。

と答えた。こちらも同じ目的をもって出かけて来たので、それではおれの「妻とならむや」と問えば、なりましょうということで話が成立して、そのまま連れ帰って夫婦になった。間もなく男の子が生まれたが、同じ頃家に飼っていた犬が子を産んだ。この犬の子が常にこの家室に向って吠えかかるので、打ち殺してくれと頼むのだが、そうもできないでいるうちに、ある時、不意に咬みかかろうとした。女は驚き恐れて狐の姿を現し、籬《かき》の上に逃げ上った。そのまま去り行こうとするので、男は、おれとお前とは子までなした仲だ、おれはお前を忘れることはないから、常に来たりて相寝よ、すなわち「来つ寝《きね》」と言った。それで、そのことばのままに、その後も来て寝たので、これに名づけて「きつね」と言うようになった。概略そんな話が載せられている。

これは「狐の直」という変った姓《かばね》を持った家に伝えられた由来譚だったのだろう。おそらく古代のアニミズムのなごりだろうが、それはそれとして、男が結婚のために馬に乗って出かけたという

のは当てなしに行ったわけではないだろう。おそらく男女が集って歌垣とか嬥歌（かがひ）のような行事を催す、その集まりへ行こうとしたものだろう。近来、照葉樹林帯の文化が問題にされて、ヒマラヤのネパールやブータンから中国の貴州・雲南省を経由して日本列島に至る三日月型の地帯に、かつては一連の文化が連続していたことが想定されるようになった。漢民族の南下がそれを遮断してしまったが、現代にもこの地帯に共通する文化の残存が認められる。結婚に関しても、歌垣に類する祭りの機会に配偶を求めることが未だに行われている地方があるようだ。そういう知識を頭に置いて見ると、霊異記のこの話の、男が妻とすべき女を求めて出かけるとか、女が良縁を求めて出かけて行くところだと言うのは、同じ目的地へ向っていたのだと思われる。その途中で話が成り立ったので、つまり二人は歌垣の庭に至って、歌を掛け合わせるというような手続きを省いて、いち早く気に入った配偶を得てしまったわけだ。ただ、この話で疑問が残るのは、男が女を連れ帰ってそのまま同居を始めている点で、類例を集めて見ると、必ずしもそれが通例だとは思われない。つまり、たがいに気に入り合ったどうしも、その場では手印を交換するというような約束を交すにとどまって、その後ある期間を隔てて婚礼が行われ、それから同居に至るのが一般なのではないかと思われる。

春の山行き・野遊び・浜下り

柳田国男編の『歳時習俗語彙』を見ると、春先の一日、村人が家を空けて山にこもり、野に出、あるいは海岸に遊ぶ習俗がいろいろなバリエーションをもって行われていたことが分かる。三月三日などももとはこの祭日だったところが多いようだ。伊豆の大瀬崎にある明神の磯では、その例祭の日に浦々の若者たちが船に酒肴を用意して岬の磯に集まり、終日遊んだ、明治十七年ごろまでは盛んに行われていたと記されている。この神社の祭礼（四月四日）に各地の漁民が船を競って参拝する習俗は今日なお続いているが、土地によってはこの種の祭りが若い男女相互の選択の機会でもあったらしく、「郷土研究」の一巻六号には春の山行きに約束を交し、秋の氏神の祭りに結婚するという民俗の報告が載っている（磯谷才次郎「歌垣の遺風」）。つまり、日本の民俗学が出発した時分からこの種の民俗は注目を受けており、各地に春に約束を取り交し、秋に結婚が行われるというひとつの傾向が持続されていたらしい。当人どうしが春に約束を交しても、それが家族や関係者の同意を得てそれなりの準備を整え、刈り入れ後の農閑期に結婚の儀式が挙げられるというのが農村などではごく自然な暦日の進行だったと考えることができるだろう。

しかし、これもまた絶対の制約ではなかったようで、九州西岸の地方で三月三日と九月九日を対立せしめているように、秋にも同じような一日を節供とする土地もあった。古く筑波の嬥歌も春秋二度行われているし、常陸風土記の伝える童子女（うなゐ）の松原の伝説では、この夜相遇って松の下で語り合い、時の移るのを忘れていた郎子《いらつこ》と嬢子《いらつめ》はいつしか夜が明けて人に見られることを恥じて、二本の松の木と化したと言う。この話では、季節が秋であったことが美文をもって描写されている。

石坂洋次郎の『草を刈る娘』では、岩木山の麓に、近隣の村々から草刈りのために出かけてくる村人たちが仮小屋をかけて数日の労働に日を送る期間を舞台として、隣村どうしの青年男女の間に恋が進展する経緯が描かれている。これなど結婚がいつになったか知りたいところだが、要するに、生活習俗として祭りや節供の人の集まる機会が恋愛や結婚のための舞台でもあったことは疑いがない。古事記の袁祁の命（をけのみこと。顕宗天皇）が平群の志毘臣（へぐりのしびのおみ）と争った歌垣の場は季節を明らかにしていないが、こうして配偶を得る男女の姿を彷彿とさせるには足りる。ただし、その争いに勝った男がその場から女を連れ帰ることはなかったと見るのが正しいだろう。

山行き・野遊び・浜下りにせよ、神々の例祭にせよ、それが祭りの一種であり、あるいは祭りの形式の分化した一部であることに変りはない。しかも、祭りを機会として男女が相逢うのは人出に紛れて恋を遂げようとするのではない。祭りは神の来臨を中心とし、神に扮する男性に対し、巫女となってこれを迎えて歓待し、究極は枕席に侍するのが村のおとめたちの役だった。これはその夜一夜きりのことであり、祭りの後はまた変らぬ平素の生活に戻るのだ。木の根祭りなどの別名をしばしば聞くのは、その夜木の根を枕として男女の交合がなされることをやや自嘲的に言っているのだが、釈迢空＝折口信夫の「雪祭り」の連作（『春のことぶれ』所収）の中には、

　をとめ子は、
　　きそのをとめに還りゐむ。
　　　木の根の夜はの
　　　　人もおぼえで

という一首がある。山間の村々の習俗に触れて歩くこと多かった作者の具体的に感受した民俗の実感だったろう。

「ひとよづま（一夜妻）」ということばの本来の意味も、こうした祭りの夜に神の枕席に侍する女性を意味していた。その用例の古いものとして、

　わが門に千鳥しば鳴く起きよ起きよわが一夜妻人に知らゆな（万葉集・巻一六・三八七三）
　庭鳥はかけろと鳴きぬなり起きよ起きよわが一夜妻人もこそ見れ（神楽歌「酒殿歌」）

などが見られるが、すでにその原義よりは一段変化して、いずれも祭りの一夜が開けて男女が別れる場面を空想している歌で、祭りの聖なる一夜という感覚よりは、男女のひそかな出会いの感覚へと関心が移っているようだ。しかし、大阪府から兵庫県にかけての一地域に一時上臈《いっときじょうろう》もしくは一《いち》夜官女《やかんにょ》ということばがあって、祭りに際して神を接待する女性の役をこう呼んでいる。たとえば西宮市鳴尾の岡太神社では、もとは頭屋から出る供人で女装して献饌に奉仕する役の者を一時上臈と言い、これが出ると衆人手を叩いてはやしたという（『綜合日本民俗語彙』）。こういう祭りの際の神役がその夜限りの神の妻であることを意味していたのが「一夜妻」の原義で、それが何段階かの意味の変遷を経て、遊廓の女や旅中の一夜に旅人をもてなす遊女が同じことばで呼ばれるようになったのだった。

別れに際して

古代の貴族生活では、国の主である天皇さえも、春の野遊びの機会にこれぞというおとめに求婚することがあった。前章に「よばひ」の原義を述べた箇所で、万葉集冒頭の「籠《こ》もよ　み籠《こ》持ち　掘串《ふぐし》もよ　み掘串《ぶくし》持ち……」の歌が雄略天皇の求婚の歌であることを指摘したが、この歌の場合も春の野遊びの機会に、天皇自身が野に出ておとめたちの中のあるひとりに家名を告ることを求めている。

同じ雄略天皇には丸邇《わに》の佐都紀《さつき》の臣の女、袁杼比売（をどひめ）に求婚するため春日に出かけた話がある。古事記の記すところだが、春日は言うまでもなく、代表的な野のひとつで、この話も野遊びを機会としていることを想像させる。おとめは天皇の幸行を見て岡に逃げ隠れるが、天皇は、

嬢子《をとめ》の　い隠る岡を　金鉏《かなすき》も　五百箇《いほち》もがも　鉏《す》き撥《は》ぬるもの

と詠んだとある。古事記の記事はこれが地名起原になったと言うだけだが、やはり野遊びを機会として求婚が行われ、おそらくそれが完成したことを語っている伝承なのだろう。

同じ古事記の神武天皇の高佐士野《たかさじの》の行幸の話にしても、天皇みずからが嬢子に呼びかけるのでなく、代理者が両者の間を往き来して話を取り次いでいるために複雑化してはいるが、伝承の要点は多数のおとめたちのうち、后とすべき優れたおとめを天皇が判別して指名し、求婚が成立したところに主眼があったことは、まず誤りのないところだろう。

天皇みずからが野遊びの場に来臨して妻覓ぎを行なった古代には、この方式をもって配偶を得ることが普遍的な手段であり、一般の習俗だったのだろう。常陸風土記には筑波の嬥歌に歌われる歌を記録したのに付記して、

俗諺に曰く、筑波峯の会《あひ》に娉《つまどひ》の財《たから》を得ざる者は児女《むすめ》とせず、と。

と記している。娘を持った親の立場として言うことなのだろうが、この嬥歌に参加して男に見初められ、婚約の印の物を手渡されないようでは、うちの娘ではないぞと励ましている。こういう形の結婚が決して特殊なものでなく、都鄙一般に勢力を持った時代もあったのだ。

右の「娉の財」は必ずしも財宝を意味するものではないだろう。男が約束の印として手渡す、気持ちのこもった品を言っているので、女のほうからも手作りの品などを渡し、その交換によって相互の心を誓い合ったものと見ていいだろう。もちろん、自分の家なども明かし合って再会を期するのだが、さて男女の恋の成り行きは必ずしも一様ではない。祭りの興奮の冷めた後に、男が必ず訪れたか、おそらく「いま来む」と言って別れたことだろうが、そのことばがことばどおりに実現したか、実際にはさまざまなケースのあったことだろう。

「いま来む」と言ひて別れし朝より思ひくらしの音をのみぞ泣く（古今集・恋歌五・僧正遍昭）

いま来む——すぐに行くよ、と別れぎわに男が言ったのだが、時は経ち、日数は積っても一向に音沙汰がない。もしやと思う疑いがだんだんと現実性を増して来て、蜩が鳴く音を立てるではないけれど、案じ暮らしている自分も音を泣いてばかりいる。そういう歌だ。
素性法師がこの歌と似た境遇を空想しているのが第三章に挙げた、

「いま来む」と言ひしばかりに長月の有明の月を待ち出でつるかな（古今集・巻四）

の歌で、このほうは約束された秋が果てようとしているだけに、絶望の思いは一層差し迫っていると言えるだろう。

いまは来じと思ふものから忘れつつ待たるることのまだも止まぬか（巻五・読人知らず）
今はとてわが身時雨にふりぬれば言の葉さへにうつろひにけり（同・小野小町）

など、古今集には似たような嘆きの歌がいくつも拾い出される。これらの境遇がいずれも春の山行き・野遊び・浜下りから始まった恋ばかりだと断定するわけにはゆかないかも知れないが、秋とともに悲劇性が深まっているものが多いところに、共通する人生の類型が考えられるのではないだろうか。

われわれに残されている資料は悲劇的なものに偏っている傾向があるかも知れない。男が約束のことばどおりに訪れて、ふたりの幸福な結婚が成立し継続したというような生活は、涙を誘う悲劇に比べて記録に残す文芸性に欠けていたかも知れない。恋の幸福な結末を思わせる資料ははなはだ乏しいように思われる。

「わが宿は……」の歌の類型

男が女のもとへと訪ねて行こうと約するのに対して、女が家どころを明かして再会を望むのがこの習俗の類型の基本であると考えられるのは、「わが宿は……」で始まる和歌の一群があることから推量される。わが宿はどこどこであり、「恋しくばとぶらひ来ませ」というのが最も基準の形であると思われる。それらの歌群は、実際には和歌としての辞句を整えるためにいろいろな変化を生じているが、古今集に有名な、

わが庵《いほ》は三輪の山もと恋ひしくばとぶらひ来ませ杉立てる門（巻一八・雑歌下・読人知らず）

などが最も形の整ったものと見られよう。この歌は、古今集の時代にすでに作者不明の伝承歌であったと考えられるが、「わが宿」と言わず、「わが庵」とやや特殊なことばを用いており、しかも三輪という伝説的な地名を挙げているので、三輪明神の作というような解釈が早くからまつわってい

た。しかし、「わが宿は……恋しくばとぶらひ来ませ……」の型を典型的に持っているので、別れに際しての女の約束の歌と見てまず誤りはないだろう。

時代は下るが、葛の葉狐の、

恋しくばたづね来てみよ和泉なる信田の森のうらみ葛の葉

の歌なども、別れに際して女の残す歌として典型的な内容を持っている。

一夜をともにした男女が別れに際して交したと見られる歌の類型が後期王朝になると、ややポイントの置き方を変えて、ある種の類型の物語のキイポイントとなって用いられようになる。それは、最初にどういう逢い方をしたかという点がぼやかされて、ともかく一度は逢ったか、ある期間交情が続いたか、たがいに愛情を持ち合った男女がなんらかの事情あって別れ、しかも女のほうが行方をくらますように去って行ってしまう。その去り際に右の類型に属する歌をヒントとして男に残して行く。男はその歌の含む謎を懸命に解いて女の行方を訪ね、多くは再会を果たす。これは物語として十分読者の鑑賞に足りる条件を備えているので、人気のある一類となっている。

中でもおもしろいのは平中物語（第三六段）に見られる話で、西の京極九条あたりで男と知り合った女が、しばらく文のやりとりなどしてたがいに好意を持ち合っていた。男は、内密で交渉のある男など持っている女かも知れないと疑っており、女のほうでもここが誰それの家だと教えようとしない。疑問を持ちながら、それでも時々文を送ったりしていたが、ある時使いをやったところ、卑しげな男がひとり留守居をしていて、ここにいた方はもうよそへ移られました、と言う。もし、お使いが見えたらと言ってこれを置いて行かれました、とわずかな文だけを手渡された。そう言って使いが帰って来たので、おかしなことだと思いながら文を開いて見ると、こんな歌ひとつが記されていた。

わが宿は奈良の都ぞ男山越ゆばかりにしあらば来て訪へ

それが女の本宅なのか、自分の家は奈良の都にあると言う。京から奈良へ行く道は三本ばかりあるが、いちばん西の道をとるなら石清水八幡宮のある男山を越えて行くことになる。それにしても、「奈良の都」とばかりではあまりに漠然としている。留守居の男に物などやって尋ねてみたが、ただ奈良へとだけしか聞いていませんと言う。それでは尋ねようがなくて、そのまま忘れるともなく時が経ってしまった。

ところが、ある時、男の親が初瀬へ詣でるというので、男も随行することになった。「男山越ゆばかりにし……」と書き残した女のことを思い出して、供の者にそんなことを言った女がいたのだが、などと話していた。初瀬に詣でての帰り道、奈良の町のはずれ、奈良坂を越える手前で日暮れ方になった。知り合いの者や僧たちも、奈良坂の向こうには宿るべき家もなし、きょうはここでお泊りなさいと勧めるので、そうすることになった。その泊った家は門並びに家二つを一つに合わせたような形で、夕方になって出て見ると、南側の家の門のところから北の家にかけて、楢《なら》の木ばかりが植え並べられていた。不思議なことだ、ほかの木は植えずに楢ばかりを、と思って、北の家を覗き込んで見ると、女がたくさん集まっている。こちらの様子に気が付いて、供の者を呼んで、どういうお方かと問う。この男の名を答えると、女どうしが騒ぎ立って、やがて文が送られてくる。あの見覚えのある筆跡で、

悔しくも奈良へとだにも告げてけるたまぼこにだに来ても訪はねば

と書かれている。いつかわが宿は「奈良」だと教えたことさえ悔やまれる。こうして道のたよりに近くへ来ても訪れようとしない人ですもの、そう言って来たのだった。男はとりあえず、

楢の木の並ぶ門とは教へねど名にや負ふとぞ宿は借りつる

と答えるが、あなたが楢の木の並んでいる門口だと教えてはくれなかったけれど、もし「なら」という名に関係があろうかと思って、この宿を借りたのでした。そういう答えはいかにもその場での思い付きに過ぎないが、女のほうは自分の居所を暗示的にしか教えないし、男は心を尽して手がかりを求めたのだと言う。それがこの一類の話のポイントなのだ。男は暗くなってから北の家を訪ねて夜ひと夜語らい明かすが、この話は男が親の意向を憚ってばかりいて、はかばかしい結末までは書かれていない。

類話と類型の拡がり

光源氏と朧月夜の君の恋なども、この類型を踏まえていると見ていいだろう。宮廷の花の宴という、いわば祭りの夜、酔いにまぎれた光源氏が弘徽殿のあたりにうかがい寄ってたまたま来合わせた若い女性とかりそめの契りを結ぶ。作者はふたりの偶然の出会いを巧みな情況設定で描いているが、別れに臨んで光源氏が女の種姓を尋ねるのに対して、女は、

憂き身世にやがて消えなば尋ねても草の原をば訪はじとや思ふ

宿世つたないわたくしがこのままはかなくなってしまったら、あなたは草の原を分けてでも、なきがらのありどを尋ねようとはお思いにならないのですか。

と、男の誠意を促している。このように偶然の出会いから始まる恋は男が苦労を尽して女のありかを訪ねるのが約束だからだ。しかし、あたりも人が起き出した気配の慌しさに、光源氏はただ扇を取り交しただけで別れてしまうのだが、狭い宮廷社会のことだから、おおよそ誰であろうかの見当はつく。けれども、光源氏と敵対する立場にある右大臣・弘徽殿の一族となると、容易に消息を送ることもできない。苦心のあげく、たまたま招かれた右大臣家の藤花の宴の機会にこの娘に再会することができるのだ。それも、酔いを口実に女たちの並んで見物しているあたりに寄って行って、「扇を取られて辛き目を見る」と謎のようなことを言いかけて、その反応で目指す女の居所の見当をつける。王朝の貴族階級らしい風流とそれに紛らわした真意を巧みに描き出している箇所だが、こうして再会を果した光源氏はこれからこの姫君にのめり込んでゆくのだ。

源氏物語という文学化された作品の中に取り込まれているだけに、「わが宿は……」の歌を出すというような、伝承の説話の類型そのままの筋立てを用いる不用意は見せないが、下敷きとしているのは祭りでの出会いから再会に至る男の苦心が主題になっている世間周知の主題であり、「憂き身世にやがて消えなば……」の歌に含まれている「たづぬ」という一語が話の種の出所を示している。女に謎めいた歌を与えられた男は、それからは苦心して女のありかを尋ねなければならないのだ。

和歌の世界では、男に居所を問われた女の答えに「わが宿は」とか「たづぬ」などのキイポイントになる用語を用いた歌がいろいろ見られ、それぞれに女の男に対する信頼の程度やプライドの高さが見えているところがおもしろい。それがみずからの居所を隠したり、ほのめかしたり、変化を生むことにもなる。だいたい女は男の誠意ということを第一に考えるから、問われてすぐにわが宿はどこそこですと安易に答えるようなことはしない。堀川の関白（藤原兼通）に「里はいづこぞ」と問われた本院の侍従は、

わが宿はそこともなにか教ふべき言はでこそ見め尋ねけりやと（新古今集・恋歌一）

と答えている。あなたが苦労して尋ねるか、それだけの誠意を尽すかどうかを見てから、わたしの心を決めましょうという答えなのだ。

尋ぬべき君ならませば告げてまし入りぬる山の名をばそれとも（古今著聞集・巻一一・好色）

これも似たような歌で、状況だけは違っている。仏家の寵童が、寵愛の冷めた自分をもし尋ねるだけの誠意があるあなたなら、出家して行く先がどこか、告げもしましょう。けれども、それだけの信頼も持てませんから……。そう言い残して行方をくらましてしまうのだ。俗世とはすべてが異

質の世界の話だが、論理は男女の仲と同じ論理が用いられている。

伊勢物語にも、男がまんざらでもないと見た女に住み所を尋ねる話がある（第一二九段）。ところが、女は、

わが家は雲居の峰し高ければ思ふとも来むものならなくに

という歌をもって答える。わが身の身分の高いことを暗示して、及びもない恋だと拒否の態度を見せたものだ。

文芸としての興趣を十分に含んでいるのは、やはり女のほうに「恋しくば尋ねて来ませ」という気持ちがあって、なんらかのヒントを与えるものだろう。民間の文芸に取り入れられた一類では、たとえば、狂言『伊文字』の

恋しくば訪うても来たれ伊勢の国伊勢寺本に住むぞわらはは

など、ごく素直に住み所を明かしているのに、太郎冠者が歌のことばを忘れ、「い」の字の付く国だったと言うので、伊賀・伊予・因幡と国の名を並べるところで一曲のやま場を作り出している。

お伽草子では『ものくさ太郎』の主人公が、

　思ふなら訪ひても来ませわが宿はから橘の紫の門

というまったくの謎を与えられ、その謎解きの苦労が一篇の興趣の中心となっている。

昔話の世界で

先に触れた葛の葉狐の話はある期間結婚が継続して、それが破局を迎えたところで去り行く女が典型的な「恋しくば訪ね来て見よ……」の歌を残すのだが、『蘆屋道満大内鑑』などに脚色されて、原型からはかなり変化を経ていることが考えられる。あるいは霊異記の狐の直の家の始祖の物語と同じ種から出たものかも知れないが、その経て来た時間はかなり長いものだったと考えられる。

昔話の世界に入り込んだ類型では「難題婿」の話にいろいろ変化もあって、おそらく人気のあった話だったろうと推測されるが、その語り口は座頭の坊など職業的な話し手の存在を想定させるものがある。柳田国男監修の『日本昔話名彙』が代表的な例話として挙げているものを引用する。

　昔摂津の有馬温泉で隣合せに泊り合せた長者の娘と、或若者とがいつとも無しに仲よくなった。娘は家へ帰らねばならなくなったが二人共名も住居も明かしてなかったので、娘は「恋しくばたづね来て見よ十七の国腐らぬ橋の袂にて夏なく虫のぼたもち」といふ歌を若者に残して帰った。

若者はこの謎の歌を考へながら町を歩いてゐると、一人の按摩に出会ったので歌の意味を尋ねると、「十七の国とは若い国のことで若狭のこと、腐らぬ橋は石橋、その橋の袂の蝉屋のお萩さん」といふ事だと釈いてくれた。すぐ尋ねて行って見ると蝉屋は非常に大きな長者であった。若い衆はそこの風呂焚に雇って貰ったが、娘は他の男の所へ嫁入ることになった。祝言の日若者は駕籠をかつぐ事になったが、途中ではからずも駕籠の中の娘と顔を見合はせた。花嫁はその場で急病となり、そのまゝ実家へ帰って寝ついてしまふ。易者に見てもらって、その言葉通りに家内中の男の手形を見せる事になった時、若者は「恋しくば」の歌を書いてさし出したので、娘はそれを見て頭をあげてにっこりと笑った。それでみんなに訳が判って改めて若者と盛大な結婚の式を挙げた。

―山梨県―

話もよくできており、うまく纏まっている。「恋しくば……」の歌がキイポイントになっていることも約束通りだが、五七五七七の定型に纏まっていないのは、そのてずつさにわざとおかしみを誘ったのだろう。そして、歌の謎を解いてくれる物知りが盲目の按摩だというところに、話し手がどのような階層の人かというヒントが隠されているかと思われる。

「難題婿」の分布は同書で見ても北は青森・岩手県から、南は熊本・長崎・鹿児島県まで全国に及んでいるが、その難題が「恋しくば……」という和歌の形であるものがその半ばを占めるだろう。かつて民間文芸にどれほどこの種子が人気を持っていたか、そしてどれほど日本人の心情の上に、出会いと再会に夢を託する心持ちを長く抱き続けさせることになったか、一考してみるだけの価値はありそうに思われる。

第六章　盗まれてきた妻

嫁盗みの考察

柳田国男の『婚姻の話』(昭和二三年岩波書店)の一章に「嫁盗み」の考察がある。嫁盗みという習俗は男がこれと思った女性を若者仲間を語らって拉致してきて嫁にするというもので、それだけを聞けば乱暴・野蛮のそしりを免れないが、これにもそれなりの歴史があって、かつては広く世間に知られていたものだった。だいたい九州を中心に西日本に多く、東北地方からの報告は乏しいようだが、これは日本の西南部には婚姻に関して若者仲間の権限が強く、東北部には家長権が強かったことの反映と見られている。

柳田は嫁盗みを三種に分け、第一に数は少ないが、娘当人も両親もその縁組に不賛成で、したがって盗まれることをまったく予期していないもの、第二に娘の親たちが反対で、しかし当人は乗り気であり、時には盗まれることを予期していることもあり、嫁盗み婚の最も普通のもの、第三に娘は乗り気であり、親たちも内心賛成だが、他家への義理や嫁入りの費用に事を欠くというような事情から一応異議を唱えているもの、というように分類している。柳田は日本における嫁盗みが未開の民族に見られる、いわゆる掠奪婚と同一視されることを嫌って、これがひとつの婚姻方式であり、それなりのルールを備えていることを重視している。たとえば、娘を盗んだ場合、若者組の仲間が必ず親にその旨を通報するとか、また奪ったことを大声で叫ぶ、それが結婚の成立の最も簡単な公示法であるなどの点を強調している。そのほか、年頃の娘を持つ親が娘に盗まれた場合の心得を教えておくというようなこともあり、土地土地によって、たとえば盗まれた娘がその相手がいやな場合、あくまでも拒否し続ければ親元へ返すとか、出された食事に箸をつけなければ無理強いはしないなど、それぞれのルールがあり、暴力だけをもって男の勝手を押し通すものではない。一概に「盗む」と言っても、そのことばの乱暴さをもって総括することはできないようだ。そして柳田はこれを中世以降嫁入り婚が普及する過程で一種の便宜から生じた異例の婚姻方式だと見ている。女はもともと生家にあって他家に移らぬという強い法則があったのに、男系相続制に移行する過程で無理にも女を移らせるというので「盗む」とか「奪う」というようなことばを生じたのでなかろうか、という推測を一案として示してもいる。

　柳田が嫁盗みについての考察を纏めたのは戦後のことだが、その民俗について、最も早く関心を示していたのは折口信夫で、「郷土研究」一巻一〇号（大正二年一二月）に寄稿した「三郷巷談」に「ぼおた」の一項がある。折口の生家のあった大阪の近郊（現市内）木津村あたりでは、娘の父母も合意で奪掠が行われる。その夕方になって、女は化粧などして待っていると、男の友達が駕籠を舁いで行って女を乗せ、門を出ると「ぼおたぼおた」と懸け声をしながら男の家に嫁御寮を届ける、というふうに、その風俗を詳細に描いている。さらに、相当の年配の女のうちには、「あの人もぼおたで嫁《き》やはったのに、えらいえゝし（好い衆）になりやはったもんや」などと言われている人も実在する。これによっても「ぼおた」が家計不如意で嫁入り支度のできない場合の手段だということが分かると解説している。さらに「ぼおた」は「うば（奪）うた」の「う」が略せられたことばだと解しており、この指摘を柳田国男は嫁盗みを的確に把握したものとして賞賛している。

女を奪って嫁にするという習俗は、その手法の意表に出ること、人目に立つことで人の関心を引きやすく、日本民俗学発足の初期からこのように注目を浴びていたが、大正十年沖縄採訪を行なった折口信夫は久高島で「とぢとめゆん」と言われる結婚習俗のあることを聞き知って、大きな暗示を受けた。久高島は今日では広く知られた神の島で、この島の女性はすべて一定の年齢になると神人（かみんちゅ）として神に仕える生活に入る。その女性たちの結婚生活もまた特殊で、結婚に際して盃の席から立って姿をくらまし、森やお嶽《たけ》と呼ばれる聖地、あるいは洞穴などに隠れてしまう。昼は出て来て、婚家のために水を汲んだりするが、明るいうちは捕えることはできない。花婿は友達を語らって女を捕えようと懸命に努力するが、あまり早く捕えられるのは結婚以前から出来合っていた仲だなどと不名誉なことになるので、女たちはなかなか捕えられぬ。そうして、捕えられると、男は髪をひっぱり、女は大声をあげて泣くので、どこそこの嫁が捕まったということはすぐに村中に知れたという。折口信夫は沖縄の習俗に日本古代の信仰的要素を看取することが多かったが、久高島の「とぢとめゆん」にもこれが神に対するゼスチュアであるという意義を見出だした。この前後から、折口は古代の女性を「神の嫁」ということばをもって呼ぶようになるが、久高の女性が男から逃げ隠れるのも、捕まると大声をあげて泣くのも、みずからの意志で人間の妻になるのでないという神に対する言い訳であり、またこの女は誰それのものとなったという神への宣言でもあったと考えたのだった。

宇津保物語に描かれた「ぼおた」

柳田国男は嫁盗みを中世以降の習俗と考えていたが、実はそれ以前から、意外に古い歴史をもつものであるようだ。宇津保物語は源氏物語にも名が見えていて古い作品と見られるが、一方鎌倉時代にかかるかと見られる要素もあり、簡単に成立を決めることができない。しかし、少なくとも柳田の考えていた嫁盗みの上限を越えると思われる資料がある。その「藤原の君」の巻に上野《こうずけ》の宮が京童（きゃうわらんべ。京の町に流言を流し、乱暴をはたらくならず者たち）や博打（ばくち。博打打ち）を集めてあて宮を奪い取ろうと計画するところがある。実は計画を察知した父正頼があて宮の贋者を車に載せておくのだが、京童・博打たちが集って来て、それと目指した一の車を奪い取り、歓声を上げる。

ばひ得つ。これやこの惜しみたまふ御むすめ。

柳田国男の分類で言えば第一種の、相手の意志をまったく無視した嫁盗みということになる。

「ばひ得つ」は奪い取ったぞという勝利の宣言だが、「ぼおた」と同じく「うばふ」の「う」の音が没入している。まさに数百年前の「ぼおた」なのだ。

光源氏が紫の君を自邸の二条の院に連れて来るところなども、相手に好意は持たれているから第二種と言うべきだろうが、やはり嫁盗みの一類に数えることができるだろう。紫の君の母は按察大納言の娘で、決して家柄は悪くないが、大納言が早くに亡くなり、母も亡くなってしまって、大納言の妻だった祖母が尼になっていて、その手もとで細々と暮らしていた。光源氏が北山で幼い紫の君を見出だし、尼君に会って好意を申し入れるのも、尼君が病気がちで、兄の僧都のもとへ療養に来ていた折からだったのだ。その尼君までが間もなく亡くなって、紫の君はほとんど孤児同然になってしまう。もちろん父兵部卿の宮はれっきとした存在であり、こうなったからには自邸に引き取ろうと考えているのだけれども、そちらには紫の君の母を快く思っていなかった嫡妻がおり、異母のきょうだいたちがいる。少納言の乳母はじめ側近の女房たちは姫君が辛い立場に置かれることに心を痛めているが、ほかに方途もない。いよいよ明日は父君が迎えに来るという晩、腹心の惟光の急報によって、光源氏はこの娘を奪い取って自邸で育てようと決心する。

かの宮（父宮の邸）に渡りなば、わざと迎へ出でむもすきずきしかるべし。「幼き人を盗み出でたり」と、もどき負ひなん。その先に、しばし人にも口がためて渡してむ。

「若紫」の巻で光源氏が思案をめぐらしているところだが、姫君が父宮の邸に移ってから迎え出す――と言っても「幼き人盗み出でたり」と世間の噂になろうかと気づかっているように、これも事実は盗み出そうということだが、父宮の邸から連れて来るのは警戒も厳重な邸のことゆえ、困難でもあるし、世評も憚られる。だから、いっそこの最後のチャンスに強引に連れて来てしまおうというのだ。ここで光源氏の思案の中に、

人の程だに、もの思ひ知り、「女の心交しけること」と推し量られぬべくは、世の常なり。

という一条がある。女がもう少し年がいっていて、こちらと気持ちが通じ合っていたなら、たとえ盗んだとしても、女も承知で盗まれたのだと世間の人々が推量するだろうから、それは世間ありうちのことだ。そう考えている。この時代に、やはり女が承知で盗まれて結婚するという方式があったことが分かる。光源氏の場合はやっと十歳ばかりの紫の君を盗むのだから、世間に知れてはおもしろくない。そこでいきなり、車を乗り着けて姫君を抱き移し、うろたえる女房たちに誰かひとり付いて来い、いやならこのまま行くぞ、と脅して、少納言の乳母ひとりを供に二条の院に移してしまうのだ。後に残った女房たちに、父宮になんと答えるか、そこらは惟光がうまい知恵を授けたことだろう。こうして、紫の君は数年後に光源氏が父宮にことを明かして、今では妻となっている紫

の君と父子の再会を図るまでは、行き方知れずになってしまうのだ。

この箇所は明らかに嫁盗みの習俗を踏まえている。源氏物語は当時の貴族社会を描いた写実的な物語だけれども、作者は巧みにフィクションを交えているから、嫁盗みにしても、嫁盗みそのままを描くようなことはしていない。いかにも現実らしく筋立てているのだが、その素材には社会の習俗を巧妙に取り込んでいる。もう少し年がいっていたら、女が心を交してのことと世間が推量するだろう、と光源氏が考えているところなどは特に注目される。それが当時の社会一般の思考であり、習俗だったのだ。

万葉集に見られる嫁盗み

ところが、嫁盗みの習俗の古さはもっと以前まで溯ることができるかも知れない。万葉集の東歌に、

あしがりのわをかけ山の穀《かづ》の木の吾《わ》をかづさねもかづさかずとも（巻一四・三四三二）

という歌がある。上の句は序歌で、女が男に向って、そんなにかず（ヒメコウゾ）ばかり割いていないで、私を連れて逃げてください、と言っているのがその大意であると見られる。民謡、ことに

労働歌に多く見られる類型で、夜なべしごとに、かずの皮を剝ぎ水に浸したものを割いて繊維を取る。そんな単純な労働の間に眠気ざましにもなる歌を歌いかける。言うまでもなく、衆人環座の中でのことだから、男女ふたりの睦言ではない。そういうポーズを楽しんで一座をにぎやかすのが目的なのだが、この歌については植物学者の前川文夫に説がある（『日本人と植物』昭和四八年岩波新書）。奥多摩など東京西部から秩父・甲州・信州・上州、南は丹沢から伊豆にかけて、小正月にオッカド棒という男女二体の棒を立てる。それに用いるのがカツノキで、これに葦で作った輪をかけるものらしい。同氏の説では『荆楚歳時記』などに載せられている中国湖北省・湖南省の習俗では、正月になると軒に鶏の絵を描いたり、本物の鶏を釘で打ち付けたりして、その上に葦で編んだ縄を張り渡す。そして桃の木で作った杭を両側に挿したり桃で作った板を門扉に張り付ける。これが正月の魔除けになるのだそうだが、氏は古く日本に帰化した人々が日本には桃がなかったので、カツノキをもってそれに代えたのだろうと言う。「あしがりのわをかけ山の穀の木の」という序歌は「足柄」の地名に葦をかけ、「吾《わ》をかけ」とか「汝《な》をかけ」と言い習わされる「かけ山」に輪を掛けることと、かけ（鶏）の連想を持たせて、それでこの序歌が生きてくるのだと言う。

それはともかくとして、民謡の虚構として言われている「吾をかづさねも」は、細部までは明らかにし得ないにしても、親が許さないとか、周囲に障害がある男女が愛し合っている場合、非常の手段として、男が女を攫って逃げることがあって、「かづす」ということばが万葉時代の嫁盗みを称していたと見て、まず間違いはなさそうだ。「かづす」は他に用例のないことばだけれども、その意味は「かど（拐）ふ」と通じるところを持っているものだろう。

こうして時代を溯ってゆくと、嫁盗みの習俗がどこまで古いかはちょっと見当が立たなくなる。そして、万葉集の時代に嫁盗みがあったとして、それが単なる駆け落ちに類することか、あるいは婚姻方式の一種と見られるほどに社会習俗化していたか、そこまで明らかにすることはできないけれども、たとえば「通ひ婚」が結婚方式の主流となっていた時代にも、一方に例外的な、いわば非常の手段としての嫁盗みがあったことは否定できないだろう。そうして、これが盗まれる側にとってあまり名誉でない方式だったことも、長い年代を通じて変りがなかったようだ。「あの人も『ぼおた』で嫁やはったのに……」という蔭口が生涯当人の弱みとして残るように、光源氏に奪われて来た紫の君にも、その弱点が生涯付いてまわったようだ。

「通ひ婚」では、その通例として、婚資の負担は女の家の側にある。婿の衣食住を初めとして、外出の支度、供人の世話まで一切を配慮しなければならなかった。そういう社会常識の中にあって、いわば身ひとつで男の家に迎えられ、生活の一切を男の負担に仰がねばならない妻の立場がどれほど肩身の狭いものであったか、想像に難くない。紫の君は光源氏のもとに引き取られた時十歳であり、しかもおくてであったと描かれているし、もとより結婚したという意識は持っていないから、その当座に盗まれて来た妻の引け目は感じていないだろう。しかし、やがて実質的に光源氏の妻となり、周囲からもその扱いを受けるようになって、だんだんにわが身の置かれた位置を自覚してくる。それでも、光源氏の愛情に包まれ、その庇護に任せきって、世間並みにわが身を顧みることもまれだったかも知れない。しかし、だんだん成長して、光源氏の須磨流離の際には二条の邸のすべてを任され、おそらくそれ以後はこの邸は紫の君の所有にされたのではないかと思われる。明石の君を初め、源氏の愛を受けている女性たちの存在はいやでも事ごとにその心を騒がすようになる。親の庇護のもとにあって、婿としての光源氏を通わせたのでないという世間通例との相違は事ごとに考えざるを得なかったに違いない。

据えられた妻の幸・不幸

光源氏の大きな愛情と行き届いた配慮は紫の君を美しく聡明な女性に育て上げ、教養や手技に優れ、申し分のない資質を備えた理想の妻に仕立てた。経済的にも何ひとつ不自由なく、世間に対しても紫の君の地位を揺ぎのないものにした。妻としてこれ以上ない愛情と境遇に恵まれて、「朝顔」の巻あたりからは、物語の上でも「紫の上」の尊称を受けるようになる。「上」は貴族の家庭の主婦として内外に応接する社会的な重さを示す呼び名なのだ。しかし、紫の君の心の中に、みずからの出自についての引け目は常に大きな不安として潜在していた。

それが現実のこととして紫の君を苦しめるようになるのは、光源氏の晩年に女三の宮の降嫁があって以来のことだ。この結婚は光源氏としても避けることのできない運命だと紫の君も感じており、謙虚に身を処して、周囲の人々をもその賢明さに感心させているが、事実として、春の御殿の寝殿を譲って東の対に退き、光源氏のいない夜を過ごすことが多くなって、紫の君の心の中にはようやく人生に対する諦めに似た気持ちがきざして来る。病気がちになり、仏の道に心を寄せ、ただ自分が悲しめば光源氏を心配させるからと、常と変らぬふるまいに耐えて過ごすようになる。源氏物語第二部の「若菜上・下」から「御法」「幻」までの巻々はその晩年から死に至る前後を描いて、盗まれてきたことに始まる妻の生活の幸と不幸、喜びと悲しみを描いて余すところがない。

光源氏が女三の宮のほうへ出かけている夜など、女房たちと宵居して、物語を読ませてじっと聞いている。そして、このように世間の類例を言い集め、さまざまな男にかかずらった女の運命を書き尽した中にも、みな最後には頼る方面があって、落ち着き所を得ていて、自分のような不安な境遇の例はない。

あやしく浮きてもすぐしつる有様かな。げにのたまひつるやうに、人より異なる宿世もありける身ながら、人の忍びがたく、飽かぬことにするもの思ひ離れぬ身にてやみなむとすらむ。あぢきなくもあるかな。（若菜下）

不思議にうわついたふうで過ごした私の生涯であったことだ。本当に殿がおっしゃったように、世間一般の人と違った優れた宿命を持った身ではあるものの、また人が耐えられない、たまらないことだとしている物思いが生涯離れることのない身として世を終えるのだろうか。思うに任せないことよなあ。

こういう感想を心の中に嚙みしめながら、もの思いを続けている。光源氏の心ひとつにすべてを託して、ほかに頼るものがない。里方を持たない結婚生活の拠り所のない嘆きがこんなふうに描写されている。

紫の君ほど人にずぬけた大きな幸運と、またそれに比するほどの深い嘆きを持った女性は現実にもめったになかったかも知れない。しかし、結婚生活の上で、背後にあって支えてくれる力を感じることのできない女性の心細さとはかなさを、これほどに深くリアルに描いた作品は、近代にもその例がないのではなかろうか。源氏物語の作者の力量はこういう点でも群を抜いているものがある。

婚姻用語としては、男が女を盗み出す「ぬす（盗）む」とともに、盗んだ女を男が大事に世話をする「す（据）う」という用語がここでは注目される。「据う」は人形や仏像などをきちんと置くように、男が愛する女をわが家に大切に住まわせて世話をやくことを意味する。男の愛情を第一の条件とする結婚の形だから、愛情という点では女たちを羨ましがらせるものがある。堤中納言物語の「はいずみ」という一篇は、生活の面で不如意な女を大事に思って自分の家に据えていたが、年が経つ間にほかに通うところができた男をめぐる話だ。新しく通うところでは親たちが苦情を言い出す。独り身の男などが言い入れてくる話もあったのに、不本意ながらあなたに許しはしたが、世間でも「妻《め》据ゑたまへる人を思ふ」と評判している、きっと家に据えている人のほうを大事に思っているのだろう、などと言われるのがどうしても不満だから、うちの娘を据えてくれ、と強硬に要求する。男が困って、進退に迷うという話だが、据えられるということにはそういう魅力があることはあったのだ。

ロマンチックな空想

伊勢物語などには、女を盗む話が断片的にいくつも伝えられているが、それらが王朝びとに人気のあったのは、盗んで来た女を据えて円満な生活を築こうという現実的な話より、女を盗むこと自体、盗んで逃げるという空想にロマンチックな夢をそそるものがあったからだろう。

代表的なひとつは伊勢物語の第六段、芥川の話だが、身分違いの男が女をかろうじて盗み出して真っ暗な中を逃げて来た。草の上に露が置いて光っているのを、高貴な女は見たこともないのだろう、あれは何か、白玉かと聞いた。男はその時答えもせず、行く先も遠く夜も更けたので、たまたま蔵のあったのに女を奥に入れ、自身は弓・やなぐいを背にして、戸口のところで見張って、早く夜の明けるのを念じていた。ところがそこは鬼の住むところであったので、鬼が出て女をひと口に食ってしまった。「あなや」という叫びも雷の鳴る音に紛れて聞こえなかった。やっと夜が明けて、見ると女の姿はない。男は足摺りをして嘆いたがかいもなく、

白玉かなにぞと人の問ひし時「つゆ」と答へて消《け》なましものを

こんな嘆きを見るくらいなら、あの、女が「白玉か、何か」と問うた時に「いや、あれは露だ」と答えて、その露のようにおれは消えてしまったらよかったのに。

と詠んだ、という話だ。

大和物語が地方の物語をいくつも集めた中にも、大切に育てられている大納言の姫君が男に盗まれるという話がある（第一五五段）。男は奥州安積《あさか》の地方から内舎人《うどねり》として宮廷に上り、大納言の随身となって、その邸に仕えていた者だ。地方では由緒ある家柄の出自だろうが、大納言家では供人としていつもお傍近く仕えていた。そのうち、どうした機会があったか、姫君を見たのだった。その美しさに万事を忘れて、病いになりそうに思われたので、一策を案じ、是非とも申し上げなければならないことがあるからと言い続けて、姫君が何心なく端近くへ出たところを、いきなりひっさらって馬に乗せ、昼と言わず夜と言わず走り続けて、故郷の陸奥へと逃げ帰ったのだった。

この話の後半は安積山の山中に庵を作ってこの姫君を据え、時々里へ出ては物など求めて来て養

っていたが、姫君は時には数日もひとり残され、わびしくてたまらなくなり、山の泉のあるところまで出て行って、見れば、水に映ったわが姿が恐ろしいほどにやつれ衰えている。悲しみのあまり、

安積山かげさへ見ゆる山の井の浅くは人を思ふものかは

と詠んで、樹に書きつけて死んでしまった。戻って来た男もこれを見て、そのかたわらで嘆き死ににに死んでしまった、というはかない結末になっている。

「安積山かげさへ見ゆる山の井の……」の歌は、あなたを深く愛していますという意味だけは物語の趣旨と合ってはいるものの、この後半部分は話の筋がうまく立っていない。男がなぜ山の中の庵に女を隠し据えなくてはならなかったかというような説明もない。実は、この歌の下の句が「浅き心をわが思はなくに」となっている、同じ歌の異伝と見られるものが万葉集に載っている(巻一六・三八〇七)。その説明となっているのはまたまったく別の話なので、歌が先にあって、後からその説明となるような物語が付けられたものと見るのが正しいだろう。

更級日記の作者が竹芝寺の由来として記録している話はこれとよく似ていて、武蔵の国から上って皇居の火焼《た》き屋の衞士《えじ》に奉られた男が、つれづれなままに、

わが国に七つ三つ作り据ゑたる酒壺に、さし渡したる直柄《ひたえ》の瓢《ひさご》の、南風吹けば北になびき、北風吹けば南になびき、西吹けば東になびき、東吹けば西になびくを見で、かくてあるよ。

と独り言につぶやいているのを、時の帝の皇女が御簾の際で立ち聞いて、どんな瓢がどのようになびくのか、どうしても見てみたくなった。そこで男を呼び、連れて行って見せよと仰せになる。男は恐ろしく思ったものの、皇女の仰せとあっては否めないので、そのまま背に負うて東国を指して下ることになった。途中瀬田の橋の橋板を打ち壊しなどして、追手に捕われることもなく武蔵へ下り着いた。都から勅使が下っていろいろと折衝があったが、皇女がこれは自分の意志だ、前世の縁でこの国に住み着く宿命があるのだと言い張るので、帝もやむなくこの家を内裏風に作り直させ、この国を宮に預けて男に管理させるようにとの勅命が下った、という。

結末に明暗の差はあるが、この二つの話など、高貴の姫君が地方の豪族の妻となる点では軌を一にしているので、もとはひとつの種から分かれたものかも知れない。王朝時代に人気のあった物語の主題と思われる。

信仰を保持する女たち

高貴な女性が盗まれる話に、昔の人たちはなぜそんなに興味を懐いたのだろうか。その謎を解く手がかりになるのは、女が高貴であり、男がそれに比して身分が及ばないところにあると思われる。堂々と求婚して受け容れられる相手ならば、非常の手段に出るに及ばない。しかし、彼我の間に力量の差があり過ぎる場合に、ことは起こるのだ。

大和宮廷が国家としての組織を整えて行く過程では、地方の族長階級の子弟が都に召されて天皇・皇族の親衛となり、それが律令制の上にも印象を残している。舎人などは国造（くにのみやつこ。かつての地方の国々の首長の家筋）やその一族の子弟から選ばれていたものだが、令制のもとにあっては極めて低い待遇を受け、貴族階級からも軽視されている。一方、皇女が本来宮廷信仰を保持する巫女であったことは源氏物語などにも潜在的に印象をとどめ、その結婚を望ましくないとする心持ちは暗黙の約束のようになっている。貴族の家々の娘の結婚が氏の神の信仰に関していることも、同様に考えられるだろう。安積山の物語や竹芝寺の縁起に衛士や舎人が主人公となるのは、王朝びとの間に残留している古代の結婚観のなごりとも考えられよう。光源氏が桐壺宮廷の最高の巫女である藤壺に迫るのも、柏木が朱雀院最愛の皇女女三の宮に執着するのも、古代論理としては、この方面に理由を求めるべきものかと思われる。

記紀の天皇や皇子の結婚における選択はこの観点から見るべきものだろう。高貴な血統や、地方第一というほどの信仰上の地位にある女性に迫り、それを妻とすることによって大きな霊力を得て、天下を領有する資格を身に付ける。それが歴代の中でも大きな存在となった神や天皇の伝記の主題となっている。

大国主の神などは並はずれた資質を持ちながら、それが兄弟の神たちにさえ認められず、不当な扱いを受けていたが、このままでは憎み殺されようかというので、母の教えに従って、根の国の須《す》佐能男《きのお》の命のもとに赴くが、まず神の娘須理勢毘売《すせりびめ》に出会って「まぐはひ」(第四章参照)し、その霊魂を引き付けてしまう。だから、須佐能男の命の試練として、蛇の室・むかでの室・蜂の室に入れられた時にも、姫の与えた比禮(ひれ。古代女性の手にしている霊的な布)の霊力によって、危難を脱してしまう。また大きな野の中に矢を射放ってそれを取って来いと命ぜられ、野中に至った時に火を放たれた時にも、鼠の援助によって危難を免れることができる。白兎の話にもあるように、大国主の徳は動物にも及んでおり、動物がかえってその人格の偉大さを知っているのだ。だから鼠が「内はほらほら、外はすぶすぶ」という呪言によって暗示を与え、大国主もまたそれを悟る英明さを持っていたから、足許の土を踏み抜いて穴の中に落ち、命を助かったのだ。

それらのことがあって、須佐能男の命もややその資質を認めて家に入れ、頭のしらみを取れと命ずる。その頭にはたくさんのむかでがうごめいていたが、大国主は須勢理毘売の与えた木の実を噛み砕き、赤土と共に吐き出したので、須佐能男も心に喜んで寝入ってしまう。その隙に大国主は須佐能男の髪を分けて室の椽《たるき》に結び付け、大岩を戸の外に置き塞ぎ、須理勢毘売を背に負い、神の霊力のこもった生大刀《いくたち》・生弓矢《いくゆみや》、それに天《あめ》の詔琴《のりこと》などの神宝を手に持って逃げ出そうとした。ところが、天の詔琴が樹に触れて、地がとどろくほどの音を立てたので須佐能男の神が目を覚まし、室を引き倒して起き上がった。けれども椽に結び付けた髪をほどく間に遠く逃げ延びたので、須佐能男も黄泉比良坂《よもつひらさか》(冥界とこの世との境界)まで追って来たところではるかに呼びかけて、お前の持っている生大刀・生弓矢でお前の腹違いの兄弟たちを坂の尾や川の瀬に追い伏せ追い払って、お前は大国主の神となり、また宇都志国玉《うつしくにたま》の神となり、おれの娘を嫡妻として、大きな宮を建て、神としてこの国に君臨しろ、と呼びかけた。こうして神の名と名に伴う資格と、多くの神宝とその威力と、さらに妻の持つ信仰の力を許されて、そのことばどおり大国主は国作りの神として偉業を成し遂げ、長く後世からも仰がれることになるが、これを最も理想化された神話として、多くの神や帝王に、これに準ずるような伝記や逸話が伝えられたのだった。

族長階級の妻として望まれるのは、総じて大きな勢力を持つ支配層の娘であり、一方優れた血統と資質を持つものの、まだ若年で力及ばぬ未来の英雄たちは非常の手段として優れた娘を盗み出し、その信仰的な力に助けられて勢力を拡大し、やがて国の主としてその地方に君臨するに至ったのだった。

第七章　女の正体を覗き見る

見られてはならぬ正体

われわれが幼い頃に聞かされた怪談などでも、一つ家に泊めてくれた主がそっと覗いて見ると、口が耳まで裂けている老婆だったとか、坊さんだと思った相手が狸だったとか、そっと覗くことによって相手の正体が暴露するという話がたくさんにあった。覗くという行為には油断している相手の本体を見顕《みあらわ》すという、不思議な呪力が含まれている。そういう考えが日本の民俗には伝承されているようだ。王朝びとの好んだ物語にも「かいまみ」と呼ばれる、男が女の心を許している隙にその姿を窺い見る一類の話がある。しかし、光源氏が末摘花の姿をかいまみる話などは多少怪談めいているけれども、「かいまみ」一般は怪談とは直接の関係のあるものではない。むしろ恋愛や婚姻の習俗の論理として考えるべき特殊な意義をもっている。

序の章にも述べたように、貴族の女性はおのれの姿を見られることを極度に避けている。住居自体が奥まっているばかりでない。格子・蔀《しとみ》・御簾《みす》・軟障《ぜじょう》・屏風・几帳《きちょう》の類で幾重にも遮られており、多くの女房たちが側近く仕えていて、それらの人目が容易に見知らぬ者を近づけない。女房たちは始終「あらはなり」ということを気にしている。主人公の女性の姿がむき出しになっていないか、どこからか視線を受ける恐れがないか、みんながその用心を忘れない。当の貴族の子女も注意を怠らないよう教育されている。だから、めったなことで「かいまみ」が許されるものではないのだが、それでも何かの偶然でたまたま姿を見得ることがあると、男の女性に対する恋心がぱっと燃え上がり、相手に対する優位を自覚するようになる。女に対してあなたの姿を見ましたよという歌を送り、情熱的に迫ってくる。「かいまみ」を契機として熱烈な恋が展開されることになる。

「かいまみ」には古くから「垣間見」の字を当てる習慣があって、真名本伊勢物語は鎌倉時代のものだろうが、その初段、初冠（うひかうぶり）。元服して、初めて成人の印である冠を着けること）の段などでも、「この男かいまみてけり」という箇所に「垣間見」の文字が当てられている。言うまでもなく、この用字は垣の間からの覗き見を連想しているもので、「かいまみ」をそのように語原解釈している。これは真名本伊勢物語に始まったことではない。第四章に竹取物語が「よばひ」を「夜這ひ」の意味に解して笑いを誘っている箇所があることを述べたが、その同じ箇所は「かいまみ」をも「垣間見」の意味に解して、同じように笑いの種にしている。

夜は安き寝《い》も寝ず、闇の夜に出でても穴をくじり、ここかしこより覗きかいまみ、惑ひあへり。

垣の間とまで言っていないが、築地塀に穴をこじ開けたり、あちらこちらの隙間を狙って「覗きかいまみ」したと言うのだから、「さる時よりかいまみとは言ひける」という落ちを付けてもいいところだ。

だいたい「言ふ」「聞く」「見る」「知る」「告《の》る」「寝《ぬ》」「食ふ」など、人間の基本的な行動を意味する古代の日本語には、広い意味内容が含まれていて、「見る」なども単に対象に視線を当てることだけを意味するものではない。見るという霊力によって認識する、対象の本質を理解するというところに本義があって、その点では「知る」に通じる意義を持っている。古今集にかいまみに関する歌群を集めた部分があるが、その中に、

見ずもあらず見もせぬ人の恋しくはあやなくけふやながめ暮らさむ（恋歌一・在原業平）

見なかったというでもない、また、見たというでもないというくらいの人が恋しいのならば、こんなに訳もなく私がきょう一日もの思いをし続けて過ごすでしょうか。いいえ、私ははっきりとあなたを見たのですから。

知る知らぬなにかあやなく分きて言はむ思ひのみこそしるべなりけれ（同・読人知らず）

知っているとか、知らない相手だとか、どうして訳もなしに区別して言うのでしょうか。恋の道では、思いの火だけが人を相手のもとへ導いてくれる案内なのですよ。

という贈答がある。これが本当に贈答の歌であるかどうか、二つの歌に食い違いがあってしっくりしないのだけれども、そのことはさておいて、少なくとも編纂の段階で、「見る」と「知る」とがほとんど同義のことばとして対応するものと解せられていたことは確かだろう。

「見る」はそれによって相手がどのような階層に属し、どのような特色を持ち、自分がどう待遇すべきか、そういう基本的な位置付けが明らかになる。だから「見る」に夫婦としての生活を意味する語義があるのも、相互の関係を明らかにした間柄だという理解が根底になっているのだ。

江戸時代になって伊勢物語を絵入りの本にしたてたものなどでは、最初に挙げた初冠の段を、男が道端に立っていて、垣越しに姉妹の姿が丸見えになっているように描いたりしているが、時代に対する理解をまったく失っているものだ。都の若い貴族が奈良の京に住む縁故のもとへ出かけたという話なのだから、宿ったのも土地の豪族の家だろう。そこで思いがけずしゃれた感じの女きょうだいを見て心が惑乱したと言っている。どうあっても、光源氏が中川の宿で空蟬をかいまみる場面のように、「かいまみ」が成立するだけの偶然や条件が備わっていなければならないはずだ。

「かいまみ」の語原と語義

もっとも、王朝の物語でも、北山における光源氏が幼い紫の君をかいまみたのは小柴垣のもとに立ち寄ってのことで、まさに「垣間見」という理解に相当するように思われる。惟光が光源氏の命を受けて、隣家の夕顔の様子をかいまみしているのも、比較的容易に様子を見てとることができ、西日が簾越しに差し込んでいる時には夕顔その人の容貌まで見てとっている。これなど六条の陋巷でのものの紛れで、夕顔とても一時的にそんな所に隠れ住んでいる間のことだった。

けれども、王朝の「かいまみ」が現代の「のぞき」、いわゆるピーピングトムに相当するような卑しい行為だったかというと、そうではない。源氏物語の「空蟬」の巻では、夕顔のもとに軒端の荻が遊びに来ていると聞いた光源氏が小君に、

紀の守のいもうとも、こなたにあるか。われにかいまみせさせよ。

と言っているし、「夕顔」の巻で惟光の報告を受けた光源氏が、

尼君のとぶらひにものせんついでに、かいまみせさせよ。

と求めているのなど、少しも卑しげなところがない。堂々とした態度で「かいまみ」をしようと言っているので、「かいまみ」は決して卑猥な行動ではない。

語原的に考えてみても、「見る」がその意義を確認する場合には、同じ意味の名詞を目的語のように前に置いて「目を見る」→「め―みる」と言い、その音が屈折して「まみる」となる。これは同じく、見ることに関連する動詞「もる」「みゆ」などが同様に「め―もる」→「まもる」、「め―みゆ」→「まみゆ」となったのと一類の語法で、これにちょっと何々するという意味の接頭語、

「かいつらぬ」「かいくぐる」などと用いられる「かい」が付いたのが「かいまみる」なので、「かいまみ」は「かいまみる」が名詞に転じた形なのだ。だから、「かいまみ」にはもともと垣根の隙間から窺い覗くというような卑猥な感覚はなかったので、それは行動する主体の意識が卑しい連想を生んだものだった。

「かいまみ」「かいまみる」ということば自体は平安時代以前に溯る用例を見ることはできないが、古事記の海幸・山幸の神話の後段で豊玉毘売《とよたまびめ》が子を産むに当って、その姿を見ることのないように請うたにもかかわらず、火遠理《ほおり》の命が覗き見たことを述べるのに「竊伺」「伺見」という用字を「かきまみる」と訓読している。神代紀の同じ箇所では「視其私屏」と書いて「かきまみしたまふ」と訓読している。これらはおそらく平安朝の博士などの間に伝えられた伝襲的な訓であろうが、この例などは、豊玉毘売が女が子を産むに当っては本つ国の姿になるから見ないでくれと言ったにもかかわらず、火遠理の命がかいまみしてその姿を見てしまったという話の内容にも注意せられる。古事記の伊邪那美《いざなみ》の命の死後、伊邪那岐《いざなぎ》の命が黄泉《よも》つ国まで追って行って、ひとつ火をともしてその姿を見ると、恐ろしい姿に変じていたという話などとともに、「かいまみ」がその存在本来の姿を見顕すという点で共通していることに注目される。

民俗のほうで注意を引くのはキツネノマド（『綜合日本民俗語彙』同項参照）と言って、両手の手指を組み合わせて作った窓の形を用いる呪法で、長野県北安曇郡では狐にだまされた時、この窓から三度息を吹きかければよいと言い、愛知県北設楽郡地方ではこれから覗くと狐の火が見えると言う。いずれも異類や異界の見えるという点に主眼があるものだ。狐の窓は狐格子とも言うが、狐窓・狐格子・狐戸ということばは建築のほうにもあって、宮殿や神社の破風に設けられる。遠くから伺い寄るものを板の間から見顕す目的を持つものだろう。加藤守雄は名古屋近辺の管狐《くだぎつね》について、行者がこれを落すには扇を拡げて顔を隠し、要《かなめ》のところから覗いていると、相手は安心して体の表面に出てくるので、そこをつまんで取り憑かれた人から退散するよう交渉に入る、と教えられた、と言う。いずれも物の隙間から覗き見ることによって相手の正体を知ることができるという呪術的行動に関している。

霊異記の狐の直の祖先の話では、異類の正体を知ることによって結婚が破綻しようとしたし、信田妻の話や三輪の大物主の神の神話など、みな異界の物の正体を知ることによって結婚が破綻に至っている。しかし、近江風土記の逸文にある伊香の小江の天女は白鳥となって飛来するが、人間と化して水浴する姿を見られて、土地の男の妻となっている。これらの話に共通することは「見る」が「知る」と同義であり、結婚生活の基本に相手を「知る」という一項が重要な意義を持っているということだろう。結婚の最初はまず女性に対して「家告らへ、名告らさね」と氏種姓を明らかにすることを求めることに始まり、高位の求婚者に対しては種姓を知られた女は男の妻とならなければならないのだ。その男が身分卑しい場合には、かいまみられたことが女にとっての大きな傷になりかねない。

「あらは」なことへの警戒

王朝文学の上の女性は神経質なまでに覗き見られることを恐れている。女房という階級はその職掌がら、男と顔を合わせることを恥じないが、それでも男から正視されることは避けている。その場合手に持っている扇が頼りになるが、枕草子には、清少納言がまだ宮仕えに出て間もない頃の小さなエピソードとして、次のような場面が描かれている。

「宮にはじめてまゐりたるころ」で始まる一段だ（第一八四段）。宮仕えに馴れない身にはあれこれと恥ずかしいことが多く、初めのうちは夜になって御前に出るのだが、宮（定子）のほうでも気を遣って、絵など取り出して慰めてくれる。雪の降った日、今日は昼もいなさいという仰せで御前にいるところへ、定子の兄、大納言伊周がやって来る。評判の貴公子だから、さすがに様子が見たくて几帳のほころびからうかがっていると、「昨日今日は物忌みでしたが、雪がひどく降りますので、気がかりで」など、心づかいを示す様子が、本当に物語に書かれているように結構な有様なのにうっとりとしてしまう。すると、目聡く少納言の存在に気が付いて、兄妹の間柄ではそういうことにも遠慮がないのだろう、「御帳の後ろにいるのは誰です」と寄って来て、傍に座り込んで、ものなど問いかけられる。恥ずかしさに気も上がってしまって、ただ扇で顔をさし隠しているのを、その扇さえ取り上げて、何の絵だとか、誰に描かせたのかと問われる。最後の手段として顔の前に髪を振りかけるのだが、その髪だって毛並みがよくなかろうと思うと、ただ突っ伏して袖を顔に押し当てているので、白粉が衣装にうつってまだらになったことだろうと、生きた心地もしないでいる。

才女として世間に評判の清少納言が妹の中宮のもとに仕えるようになったことは、伊周も十分知っていただろうし、この機会に親しく本人に接してみようと思ったのだろう。女房生活に長年馴れた女性はさほどに恥じることがないだろうが、清少納言はおそらく初めての宮仕えに万事不馴れであり、ことに初めて接する貴公子に顔や姿を見られることにどれほど緊張し、上気していたか、扇を取られ、袖にうち伏している姿が如実にうかがわれる。女房階級でさえこうなのだ。まして、より高位の上流貴族の女性が父や兄弟、あるいは夫以外の男の目にさらされることにどれほど引け目を感じたか、想像に難くない。

王朝の女性が人目を気にして言うのが「あらはに」――丸見えだ――ということばだった。源氏物語「椎本」の巻に仏の前にいた姫君たちが薫の来訪を知って自分たちの居間に移ろうとするところがある。障子の穴のあるのを見置いた薫がそっと寄って見ると、あいにく几帳が添えてあったのだが、風が簾を吹き上げるので、女房たちが、あらはにもこそあれ。その几帳押し出でてこそ。

と、几帳を外のほうに移したので、この障子に向って開いている障子からあちらへ移るふたりの姉妹の姿をかいまみることができた。年若い中の君は、薫の供人たちが外を往き来するのに興味を持って、そちらに気を取られているが、年上の、より慎み深い性格の大い君は障子がむき出しになっていることに不安を感じている。

かの障子《さうじ》は、あらはにもこそあれ。

と気にしながらいざり出て行くのだった。あちらにも屏風を添えてありますから、と女房が弁解するが、なおうしろめたげに入って行く。この姉妹のわずかな描写の中に、ふたりの性格と心構えの違いがはっきりと描き分けられている。心得のある女性はこんなふうに「あらは」なことに対して、警戒を怠らないのだった。

「ばうぞく」な女のふるまい

同じようにふたりの女性の性格・心情の相違をもう少し誇張してユーモラスに描いているのが、

光源氏のかいまみた空蟬と軒端の荻の有様だ。「空蟬」の巻でのことだ。空蟬の弟小君を手なづけた光源氏はその手引きで中川の邸に入り込む。小君はこどものことなので、番の者も車を覗きこんだりしない。無事入り込んで、東の妻戸のところに光源氏を立たせておいて、自分は南の隅の柱間のところから格子を叩いて開けてくれと言う。その格子を上げただけで、

御達、「あらはなり」と言ふなり。

とある。女房たちがそこを開け放しにしては中が見える。「あらは」だと注意するのだ。この暑いのに、なぜ格子を下しているんだと問うと、空蟬にとっては継娘、物語の上で軒端の荻と呼ばれる伊予の介の娘が遊びに来ているのだ、と言う。聞いている光源氏は、ははあ、その娘も来ているのか、それも見たいものだと思って、格子がまだ止め金を掛けてないのを幸いにそっと中に入って、簾の間から覗くと、暑いせいで屛風も端のほうは押し畳んであるし、几帳なども帷子（かたびら。垂れ布）は上に掛けてあって、大変具合よく見通せる。

さて、母屋《もや》の中柱の蔭にいるのが目当ての人、空蟬だなと思って見るが、こぢんまりした人が衣に埋もれるようにして、向い合っている相手にさえ顔など見えないように身をこなしている。手なんかもひどく瘦せているのを袖に隠すようにして、ひどくつつましやかなのだ。それに対して、向

い合っている相手のほうはこちらを向いていて、すっかりと見てとれるのだが、

白き羅《うすもの》の単襲《ひとへがさね》、二藍《ふたあゐ》の小袿《こうちぎ》だつもの、ないがしろに着なして、くれなゐの腰引き結へる際まで、胸あらはに、ばうぞくなるもてなしなり。

と描写されている。夏の衣装だから、薄物の上に小袿を着ている程度なのだが、それを胸を広く開けて、袴の腰のところまで胸を見せていて、光源氏もこれを「ばうぞく」な姿だと感じている。「ばうぞく」は「放俗」と当てることばかとされているが、ともかくあけっぴろげで、身だしなみのないことを形容しているらしい。色白く、ふっくらと肥えていて、体格もよく、目鼻立ちも派手な人で、すべての点で空蟬と対照的なのだが、そのあと碁を打っているところなども自由奔放で、およそ「あらは」なことへの配慮など見受けられない。作者が意図的に描いて見せた、王朝にまれな遠慮のない女性なのだ。親が大事にして育てているからと、言い訳のような批評を加えている。

こんな姫君が現実に存在したかどうか、当時の読者の間でも話題になったことだろうと思われるが、やはり「あらは」なことへの警戒心が薄く、「かいまみ」を許してしまい、物語の上で大きな事件を引き起こしているのが女三の宮の存在だ。こちらは軒端の荻とは桁違いの高い身分だけに、「かいまみ」を契機として大きな事件に発展してしまう。源氏物語第二部の中心となる筋立てが構

成されているが、さすがに作者はこの姫君の場合にはさもあるべき性格を周到な用意をもって描き上げている。

光源氏の兄、朱雀院の帝はすでに位を退いて出家しているのだが、いよいよ寺に移って俗世間から離れてしまおうとする。それにつけて気懸かりなのが特に寵愛の深かった女三の宮の将来だ。母は藤壷の女御、あの光源氏が生涯慕い続けた桐壷の帝の時代の藤壷の女御の妹に当る人だから、最高の血統を持つ、これ以上はない高貴の姫宮だ。その将来をどのように決めておいたならば心安らかに仏道修行に専念できようか。「若菜上」の巻の冒頭には、上皇が側近の乳母や女房たちと知恵を出し合って相談する様がこまごまと描かれている。少し世間的な常識に欠けると言うか、世間一般の生き方を知らないままに育った姫宮なので、誰かしっかりした後見役が欲しい。夫として、かたがた後見役も兼ねて、万事失態のないよう指導してくれるような人があれば、そういうところへ降嫁させるのが一番よかろう。そこまでは皆の意見が一致しているのだが、さてその条件にはまるような男性となると、なかなかいるものではない。光源氏が紫の君を育てて妻にしたように、と皆が思うのだが、あれでなし、これでなし、結局光源氏自身に頼んではどうだろうという話になる。

光源氏も進んでその気になったのではないが、上皇の口から直接の頼みとして言い出されては拒むわけにゆかない。女三の宮降嫁のことが決まって、六条の院の春の御殿の寝殿を、明石の姫君と東西に分けて住むことになるが、主人の思慮が足りないと、周囲に仕える女房たちも行き届かないことが多い。その全体に軽薄で、分別に欠けるところが見えてしまう。さすがの光源氏も呆れることばかりで、注意を与えてみても及ぶところではない。苦々しい思いをするのが毎度のことだった。その世間知らずな軽率な女房の代表のようなのが、姫宮の乳母子（めのとご。乳母の実子で、乳を分け合って成長した子。女子の場合、成長後腹心の女房として仕えることが多い）で側近く仕えている小侍従という若女房だった。

事件の偶然と作者の用意

女三の宮ほどの高貴の姫宮がかいまみられるには、よほどの偶然が考え出されなければならない。「若菜上・下」あたりの作者は筆力も優れているが、構想力にも非凡なものがある。朱雀院が女三の宮降嫁の対象を論議している際に、その候補に上がった男たちも当然ことのなりゆきに一喜一憂していたに違いない。昔の頭の中将、物語のこのあたりでは太政大臣となっている、その嫡男が問題の柏木なのだが、柏木もその情報に最も心を悩ますひとりだった。小侍従の母は女三の宮の乳母として朱雀院の相談に参加しているが、この乳母の姉が柏木の乳母だったという関係がある。したがって、柏木と姫宮・小侍従とは乳の関係から言えばいとこどうしに当るとも言える親密な間柄で、柏木はその縁故を通じて朱雀院の御前での密議の内容をあらかた漏れ聞いている。だから、噂の漏れることに配慮の薄かった朱雀院の不用意がことの遠因だったとも言えるのだが、柏木はその席での自分の評価が悪くなかったことに心の拠り所を持っている。

女三の宮は光源氏に降嫁して、柏木はもはや諦めるしかないのだが、小侍従から伝え聞くところでは、光源氏の姫宮に対する扱いは儀礼を尽してはいるけれども、本当の愛情に欠けているように思われる。事実、女三の宮の周辺ではその点に不服があって、なにかにつけてその不満が話題になる。自分が女三の宮を妻としていたならばそんな扱いはしない、どんなにか愛情をもって大切に扱っただろう。柏木の心の中には、今になっても姫宮に対する思慕と、光源氏の扱いに対する批判が渦を巻いている。当然小侍従との話の中にそのことは繰り返されるし、そんなふうに思っている自分の存在を宮に知ってもらいたいと思いもし、言いもしているのだ。

六条の院で蹴鞠が行われた日、柏木の心は蹴鞠よりも姫宮の存在のほうに向いている。寝殿の南の庭の広場に場を定めて、若い貴公子たちは蹴鞠に興じているが、柏木は鞠はそこそこにして寝殿の階《きざはし》に腰を下ろして、心は背後の御簾の中に向っている。こういう行事がある際には、女たちは御簾の際に出て見物するのが常のことだ。姫宮も女房たちとともに御簾の際に出て、若い貴公子たちの挙措を見ている。女房たちは貴公子たちの品評などもしていることだろう。光源氏の嫡男、柏木のいとこでもあり、親しい友人でもある夕霧も、並んで腰を下ろして汗を拭っている。そこへ女三の宮の飼っている猫が飛び出してきた。猫はまだ小さくて、慣れていないのだろう、首に綱を付けられていて、それをやや大きい猫が追ってきたので、御簾の外まで走り出して、その首の綱に持ち上げられて御簾が大きく開いてしまった。振り向くと御簾の際に立てた几帳の内に立って表を眺めている人がいる。品位や衣装から紛れもなく姫宮その人であることはひと目で見てとられる。蹴鞠のほうに気を取られて、御簾が開いたのにも気が付かないらしい。女房たちも「あらは」なことに気が付かないのだろう。御簾を直そうとする者もいない。夕霧もまさか這い上ってゆくわけにもゆかないので、軽く咳払いをすると、やっと気が付いて、すっと内へ入られたが、その美しさは自分の目にもはっきりと焼き付いたのだから、柏木が見逃したはずがない。夕霧は柏木の姫宮に対する思慕をうすうす察していたから、その場は何気なくとりなしたものの、これは面倒なことにならなければいいがと、以来ひそかに案じていた。

かいまみの後の消息

長年慕い続けてきた女三の宮の姿をかいまみた柏木は、自分の深い心を姫宮に告げずにはいられない。例によって、小侍従に当てて文を送る。内容はもちろん姫宮に当てているから、小侍従には真意が理解できない文言も混じっている。

その夕よりみだり心地かきくらし、あやなく今日はながめ暮らしはべる。

それが蹴鞠の日のことと分かっても、なぜそれ以来心乱れているのか、小侍従には通じなかっただろう。さらに、「あやなく今日やながめ暮らさむ」の歌が引用されていることの意味も姫宮には分かっても、小侍従の注意には止まらなかっただろう。「あやなく今日や……」は本章で先に引用した古今集の恋の部の在原業平作の歌（一五四頁）を意味している。この歌には、業平が五月の六日、右近の馬場で行われる騎射を見に行った際、向こう側に立てていた女車の下簾の間から女の顔が見えた後に、家を尋ねて遣わしたものだという詞書が付けられている。つまり、一種のかいまみが成立した後に男が心の惑乱を告げてやったもので、それを引用することによって、同じくかいまみがあったこと、それによって恋の惑乱とともにみずからの優位を告げようとする意図を見せているのだ。小侍従はその事情に気付いていないから、姫宮の返事がないのに代わって、自分のことばで、

「見ずもあらぬ」やいかに。あなかけかけし。

お手紙の「見ずもあらぬ」ということばはどういうことですか。ずいぶん意味ありげですね。

と答えて、返歌としても、

いまさらに色にな出でそ山桜及ばぬ枝に心かけきと

という冷酷無情なことばを連ねてくる。どうせ高嶺の桜、及ばぬ恋なのです。さっさと諦めておしまいなさい、と言っている。女三の宮当人はさすがにあの時見られたのだと赤面するが、常々光源氏が夕霧に見られないようにと注意を与えているのに、もしこんなことがあったと夕霧が告げでもしたらと、そのことが心配で、柏木のことには気が回っていない。時は流れて、紫の上が病気がちになって、二条の院に移って療養するようになる。光源氏はほとんどそちらに付ききりで、六条の院は手薄になっているし、女三の宮周辺の締りのない状態に注意する人もいない。たまたま賀茂の祭りに斎院から女房を貸してほしいという話があって、その準備やら、祭りの見物の支度やらで、姫宮の御前はほとんど人がいなくなってしまった。姫宮に思いのたけを聞いていただきたいという柏木の懇請に、さすがに小侍従は心動かされぬでもない。またとない機会と思って連絡を取る。こうしてことは起こるのだが、小侍従は柏木を姫宮の帳台近く導いて、自分は人の出入りを見張るため、渡殿近くに座り込んでいる。御前には誰もいず、眠っていた姫宮はふと気がつくと見知らぬ男が傍にいる。柏木もそこまでは思っていなかったのだが、その場になってみると、女三の宮には皇女らしい権威もない。なんの抵抗もする相手でないから、帳台から抱き降ろして思いを遂げてしまう。

後になって、小侍従は、柏木が話を聞いてもらいたい、それだけだと言ったではないかと責めるのだが、小侍従にことの予想が本当につかなかっただろうか。柏木は自責の念に悩まされながらも、一段と激しく恋は燃え盛る。姫宮も悔恨に責められて、たまに訪れる光源氏の目を見ることもできないが、めったに訪れもしないから拗ねているのだと、光源氏はそう解釈して慰めようとする。だが、幾程もなく破綻は訪れる。柏木の文を持って来た小侍従とともに、姫宮が読んでいるところへ光源氏の来訪というので、慌てて褥（しとね。敷き物）の間に挿んだまま、女三の宮はそのことを忘れてしまう。一夜が過ぎて、褥の下にある消息を何気なく光源氏が取り上げて見ると、柏木の筆跡でことの経緯が分かる書きぶりでこまごまと思いのほどが綴られている。光源氏の読んでいる文の色にはっと胸を突かれた小侍従が姫宮にゆうべの文はと問うと、さあどこへ置いたかしら、という頼りのない返事。小侍従も呆れはするが、姫君のなさったことですよ、わたくしは知りませんから、とまず自分が責任を逃れようとする。この時代にもこんな女房はいたのだろう。どんなモデルを作者が頭に置いていたか、興味が持たれるところだ。

多発する物語の上のかいまみ

かくして、柏木は自責の念から悶死し、姫宮は尼になり、ふたりの間に生まれた罪の子、薫は光源氏だけが秘密を知りながらわが子として育ててゆく。

かいまみから始まった恋がこれだけの大事件にまで発展してゆくが、猫の綱という偶然とともに、小侍従という女房の無分別がこれには大きく関わっている。源氏物語において最上層の階級に、あり得ないはずのかいまみが起こったのはこの事件と第二章に述べた野分の騒ぎに紛れて夕霧が紫の上をかいまみる箇所（六一頁）と、その二つと言っていいだろう。夕霧はもの堅い男であり、紫の上の周辺はその後も光源氏の配慮が及んでいるから、夕霧は紫の上をかいまみたことは終生心に秘めて、それでも忘れられずにいて、紫の上の亡くなった際そっと死に顔を覗き見るが、それだけでことは終っている。

ところが、源氏物語の亜流の物語、たとえば狭衣物語・夜の寝覚・とりかへばや物語などになると、かいまみがしばしば行われ、またそれが安易に起こっている。たとえば、狭衣物語の主人公の大将が女二の宮と女三の宮がうちとけているところをかいまみる箇所など、夜居の僧が出入りする妻戸が戸締りもしていないところから入り込んで、姫宮ふたりの有様を見続け、人々が寝に就いた後に女二の宮を引き攫って明け方まで共に過ごすというふうに書かれている。皇女の居所ともなれば幾重にも警戒があるだろうし、周囲の女房たちの数も多い。その中でこれだけの行動の自由が許されるとは考えにくい。それでも、狭衣物語は源氏物語の影響下にある作品だけにかいまみの段取りをくふうしていると見られるが、これ以下の作品群になると、作者の理解が上流階級の生活の実際に及んでいないことが明らかで、かいまみが安易になされ、また主人公の社会的地位も下がっている。物語の展開に興味の持たれる契機となるので多用されるが、そのリアリティは段々に失われてゆく。

王朝びとの現実の恋の上でのかいまみは、古今集でも巻十一、恋歌一の巻に業平の、

見ずもあらず見もせぬ人の恋しくはあやなくけふやながめ暮らさむ

のほかに、

春日野の雪間を分けて生ひ出でくる草のはつかに見えし君はも（壬生忠岑）
山桜霞の間よりほのかにも見てし人こそ恋しかりけれ（紀貫之）

の二首が並べられているだけで、ほかに実生活のかいまみとして印象的なものはちょっと思い当らない。かいまみは、そういう偶然がなかったはずもないが、現実のかいまみよりは、むしろ源氏物語のかいまみなどが刺戟となって、物語の上に興味をそそるプロットとして多用されたことが後世への深い印象を留めることになったのではないかと疑わせる節がある。

第八章　女を支配する権利

女を「得る」ということ

現代の社会で女を「手に入れる」というような表現をすれば、社会常識として適切でないという非難を受けるだろうし、親しい仲間の会話でも、そんな表現はよほど露悪的な感覚ででもなければ用いることはないだろう。しかし、王朝びとの間では結婚ないしはその前段階で女を「う（得）」と言うのはごく普通の用語であり、不審がられる表現でもなかった。

我はもや安見児《やすみこ》得たり皆人《みなひと》の得がてにすとふ安見児得たり
（万葉集巻二・内大臣藤原卿采女安見児に娶ひし時作れる歌）

女のえ得まじかりけるを、年を経てよばひわたりけるを（伊勢物語・第六段）

など、女を「得」とか「得たり」とか、少しも異風な表現ではない。右の用例の万葉集のものは藤原鎌足が評判の釆女を天皇から下賜された時の歌であり、伊勢物語のは芥川の段の、高貴な女を男が盗み出した時の話の中で用いられているものだ。これらは決して女をおとしめる気持ちをもって用いられているものではなく、当り前に結婚することを意味している用法なのだ。

女を手に入れることは、古代の男たちにとって、ひとつの力を身に付けることだった。ことに女の持つ宗教力、信仰の力をわがものとするという点に大きな意味があった。話は大分時代を溯ることになるが、大和宮廷が国内を統一する以前、多くの小国が地方地方に割拠していた。それらがたがいに争い合う中から大和宮廷の祖先が力を得て、国内統一に向ってきたのだろうが、その場合軍事力ばかりが闘争の手段ではなかった。むしろ、宗教的な力の争いが勝敗を分けたことが多かったと考えられる。有名な卑弥呼なども『魏志倭人伝』に「鬼道に事《つか》へ、能く衆を惑はす」とあるのはその宗教力を言っているので、もと百余国あったという小国をおよそ信仰の力をもって統一したものだろう。

　卑弥呼は女性の王ひとりで政治的な権力をも兼ねていたものと思われるが、記紀の記述の上で多く見られるのは、地方的な首長が何彦・何媛という一対の男女の対偶をもって君臨している形だ。男王が政治や軍事の実権を握り、女巫が宗教力をもって神に仕え、神意を伝達して、その両者の力を合わせて地方に君臨する。それが典型であったと見られる。菟狭津彦《うさつひこ》・菟狭津媛《うさつひめ》、阿蘇都彦《あそつひこ》・阿《あ》蘇都媛《そつひめ》など、多くの対偶を見出だすことができる。それらの小国・小首長が戦うまでもなく大和宮廷の勢力下に編入せられてゆく過程では、第四章で例に挙げた印南の別嬢のように（一〇三頁）、天皇の臨幸に際して姿を隠して地方の信仰を守ろうとするものもあり、垂仁天皇の后沙本毘売《さほびめ》のように、天皇の寵愛と出自の地方の信仰との間に立って苦しまなければならなかったものもある。

　垂仁天皇の宮は師木の玉垣の宮というから今日の磯城郡にあり、后の出身の佐保（奈良市）とはごく近いところにある。しかし、おそらく佐保の豪族でその地方を領有していた兄の沙本毘古《さほびこ》とは首長と高巫という間柄であったに違いない。古事記の記述が沙本毘売を「いろも」（同母妹）と記していることからも、それは明らかだ。佐保はいま大和宮廷のもとに服属し、勢力下にあるとは言え、もともと独立した一勢力であったというプライドを忘れていない。ところが、天皇が沙本毘売を后として宮廷に納れたとなると、佐保の神を祀るべき高巫を失ってしまう。いわば、佐保の信仰を奪われてしまったことになるので、沙本毘古としてははなはだ安らかでない。こういう形で佐保が併呑されてしまうことに承服できないのだ。そこで、沙本毘古は妹を呼び寄せて、

夫《せ》と兄《いろせ》といづれか愛《は》しき。

と問う。あるいはこの句は「せとせといづれかはしき」という謎の文句だったかも知れぬ。ともかく、沙本毘売は、

兄ぞ愛しき。

と答える。沖縄などでは兄弟と姉妹との間は特別な愛情で結ばれており、男は妻よりも姉妹を大切にする感覚が残っているそうだが、ことに古代の同母の兄妹の間柄は特別なものだったらしい。夫

よりも兄をという答えは古代としては当然だったと言っていいものだろう。そこで、沙本毘古は妹に紐小刀を授け、これをもって天皇を殺せ、そして俺とお前とで天下を領有しよう、と言う。沙本毘売は言われたままにわが膝に枕して寝ている天皇を刺そうとするが、思わず涙が落ちて天皇の顔にかかり、一切を告白せざるを得なくなる。天皇は兵をもって沙本毘古を討ち、沙本毘古は稲城を作って待ち戦った。沙本毘売は逃れて稲城に入ったが、たまたま妊娠していたので、生み落した皇子を天皇の軍の手に渡し、ついに兄に従って焼け死んでしまった。

女を「召す」権利

こういう信仰の争いが表面化するしないに拘わらず、その帰趨の決していった結果が国家の統一という成果をもたらしたのだろう。

わが仏尊し。

ということわざは、時代が下って仏の信仰を個人個人が持つようになって後の表現なのだが、大和宮廷の国家統一は信仰的にある程度の緩やかさを持っていたように思われる。公的に大きく宮廷信仰に従うかぎり、地方的な信仰、地方的な神の祭りは特に咎められることがないのが特徴であるようだ。

しかし、ことあって、天皇みずから地方に臨み、その服属を確認するような場合には宮廷風の祀りをもって仕え、地方最高の高巫が天皇に侍する。高巫が枕席に侍するということにも国魂を奉るという信仰的な意義が含まれていたはずで、天皇の地方巡狩はそういう理解をもって服属の実を示したものだろう。古事記や日本紀の記録する景行天皇は、特に地方の経営に力を尽したように見えるが、実際に弓矢をもって従わざる民を平らげるよりは、地方の豪族に迎えられ、その「まつろひ」を受けることが多かったと思われる。景行記の記す、

凡そ此の大帯日子《おほたらしひこ》の天皇の御子等、録せるは廿一王、入れ記さざるは五十九王、併せて八十王。


という記事は、いかに多くの地方の高巫を枕席に召したかを如実に語っている。そして、それらの皇子やその血統が地方の主と奉られ、宮廷勢力の拠点として国家を固める要素となったことを推測せしめている。

たびたび引用する播磨風土記の印南の別嬢の記事も大帯日子の命、すなわち景行天皇の巡幸を迎えてのことだが、印南は背後に吉備という強大な勢力が控えている地方だけに、その帰趨には重大

な意味が込められていただろう。おそらくこの地方の高巫である別嬢をなびつまの島に隠して、印南が大和宮廷の勢力下に入ることを決定的たらしめないようにと画策したものだろう。天皇は叡智をもってその所在を見出だして結婚を遂げるが、「いなみ妻」（印南の地を代表する女性。同時に結婚をいなもう――拒否しよう――とした妻）の物語が伝承された理由として、その背後にこのような歴史的事情を考察することはあながち無理ではないと思われる。

たまたま中国の史書『宋書』に、「武」と称する倭王（雄略天皇とされる。諱の大泊瀬幼武の武を取った）が上表した文中に、

昔より祖禰《そでい》躬《みづか》ら甲冑を擐《つらぬ》き、山川を跋渉し、寧処に遑《いとま》あらず。東は毛人を征すること五十五国、西は衆夷を服すること六十六国、渡りて海北を平らぐること九十五国。（下略）

とあるが、これも多くの小国と必ずしも戦闘を交えたことを意味するとは限らない。戦闘を交える場合がなかったのではないが、戦わずして勝敗の帰趨が決している場合が少なくなかっただろう。そして、大和宮廷の信仰に服することをもって、倭国の統一が進められていったと見られる。

右の文中の「祖禰」が祖先全般を意味するか、特定の王を指すか、説の分かれるところらしいが、景行天皇などは特にその著しさをもってこの上表文の内容に相当すると言えるだろう。古代の記録

はある種の伝承を特定の神や帝王に集中させる傾向を見せている。地方巡狩の物語が特に景行天皇に集中していることは理由あってのことだろうが、それ以外の歴代の帝王も大なり小なり、東西に奔走して国家の建設、安定に尽力したことに変りはないだろう。ただ、その内容として地方地方の有力な女性をわがものとし、その宗教性をも併せて国王としての地位を築いたことを考えておかなければならないだろう。

このような事情を考えれば、宮廷の支配下にある女性のすべてに対して、天皇はこれをわがものとみなしていたはずで、天皇みずからが地方へ出向くまでもなく、都にあってこれを「召す」権利をも有していただろう。これも景行記に伝えられていることだが、天皇が三野の国の大根の王の娘に兄比売《えひめ》・弟比売《おとひめ》ふたりの美女があると聞いて、これを召そうとする。あるいは応神記に、日向の国の髪長比売の評判が都にまで聞こえて、天皇がこれを召すという話がある。大和宮廷の国家成立後にはこのように、国中の女性のすべてを天皇が召すことが許容されるだけの権力が確立されている。

かつての地方的小国の首長の末裔は次第に勢力を失って、国造（くにのみやつこ）などの名を留めているものの、その子女は召されて、天皇の身辺や後宮に仕えるようになる。「釆女（うねめ）」の名をもって呼ばれるのがそれらの女性だが、中には大友皇子《みこ》（弘文天皇）の母が伊賀の釆女であったなど、皇子女の母となるほどの者もあったが、釆女の地位は次第に低く扱われて、律令制下では下級の女官として宮廷に奉仕し、昔日の栄光を失ってしまう。大和物語第一五〇段が伝える猿沢の池のほとりの「釆女の柳」の由来とされる話など、慕い奉る帝に一夜だけ召され、そのまま忘られて、ついに身を投げるという悲劇的な存在となっている。

宮廷慣行の特殊性

既述のように、前期王朝にはすでに上流階級の結婚方式は「よばひ」から「かよひ」に至る形が大勢を占めており、男が女のもとに訪れることが常態となっている。しかし、宮廷においては、少なくとも源氏物語などに見られる慣行として、天皇が后妃の閨を訪れることはない。指定された女性のほうから天皇の夜の御座《おまし》に参上するので、上流貴族の婚姻慣行と著しく異なっている。これが宮廷本来の方式であるのか、あるいは宮廷にも「よばひ」式の結婚習俗があった時代を想定すべきか、大きな問題と考えられている。

万葉集巻十三に作者等の記載はないが、大国主が沼河比売に「よばひ」した歌のおそらく異伝と見られる一組の問答歌が載せられており、「よばひ」に来た男性が歌を詠みかけ、女がこれに応える形を見せている。その歌中に「天皇（すめろぎ）」の語があるのは、天皇の結婚に際しても大国主の結婚に倣って儀礼が行われたことを示しているものだろう。

隠口《こもりく》の　泊瀬《はつせ》の国に　さよばひに　わが来れば　たな曇り　雪は降り来　さ曇り　雨は降り来
野つ鳥　雉《きぎし》はとよみ　家つ鳥　鶏《かけ》も鳴く　さ夜は明け　この夜は明けぬ　入りてかつ寝む
この戸開かせ（巻一三・三三一〇）

　反歌

隠口の泊瀬小国に妻しあれば石は履めどもなほし来にけり（同・三三一一）

隠口の　泊瀬小国に　よばひせす　わが天皇《すめろぎ》よ　奥床に　母は寝たり　外床《とどこ》に　父は寝たり
起き立たば　母知りぬべし　出で行かば　父知りぬべし　ぬばたまの　夜は明け行きぬ　ここだくも　思ふごとならぬ　隠妻《こもりづま》かも（同三三一二）

　反歌

川の瀬の石踏み渡りぬばたまの黒馬《くろま》の来る夜は常にあらぬかも（同三三一三）

大国主の神が沼河比売の閨の戸口に立って歌ったのと同じように、天皇の結婚に際しても同じ形で伝承の歌を歌ったと見て差し支えはないように思われる。天皇家の結婚にもある時期「よばひ」式の婚姻儀礼が行われたかも知れない。しかし、それはいつしか「召す」方式の結婚儀礼へと転じたものだろう。

それについて参考になるのは、雄略記に記されているひとつの挿話だ。時代を歴史的時代と見てはつじつまが合わなくなるが、この種の伝承は当時の合理観から最もふさわしい起原を求めてそれに由来すると説明することが多いので、結婚に関する挿話の多い雄略天皇に関してこの伝承のあることは、かえって妥当感を与えるものとも言えよう。

雄略記に天皇が河内の日下にある若日下部《わかくさかべ》の王《みこ》をつまどうた時、天皇の幸行を恐懼した王が、天皇が日に背いて（日を背に負うての意か）いでますのは恐れ多い、わたくしのほうから出でて仕えまつりましょうと申し出たとある。若日下部の王は、「初め、大后日下にいましける時……」とあって、長谷朝倉の宮にある天皇が「よばひ」のために日下へ幸したことが明らかだが、大后の候補たるほどの女性は、少なくともある期間生家にあって妻問いを受けたものなのだろう。それを恐懼してみずから天皇の宮に参上することは、召されたと同じ形になる。この挿話では大后がみずからの意志で宮に召される形を取ったことが大切なポイントだったのではないかと思われる。あるいはこれを先例として、以後后妃のすべてが天皇の宮に出でて仕えるという慣行に移ったというようなことが背後に語られているのかも知れない。

三種類の「めしうど」

古代社会の最高の存在としての天皇は、恋に関するばかりでない。人民のすべてを自己の所有として、「召す」権利を持っていた。現代にも通じる用語として、少し古めかしい感覚はあるが、囚人を意味する「めしうど」もその行動や所業に天皇の意に反するところがある故に召し囚われる者で、語義としては、生殺与奪の一切を天皇の意に委ね申す意味での「めしうど」だ。逆に光栄ある「めしうど」としては、今日なおその伝統が生きている御歌会始めの「めしうど（召人）」がある。年頭に当って天子の御世の栄えをことほぎ、その万歳を祈る。国民すべてから寿歌を召すところを代表して、毎年人を選んで歌を召す。その意味での「めしうど」なのだ。明暗二様の「めしうど」が現代に生きているところがおもしろいが、もう一種、王朝びとの生活には恋に関わる「めしうど」があった。

女を「召す」ことは貴族階級にも行われていた。男に比して、女の身分が卑しく、対等の結婚の相手でないような場合、男は女を召すことができた。たとえば、和泉式部日記における敦道親王は冷泉天皇の皇子であり、式部は受領階級の女房に過ぎない。親王の乳母などは、その相手に対して親王があたかも相当の身分ある女性であるかのごとく自分のほうから通って行き、その微行の度も人目にたつほどだ。そのことが不満で、お気に入っているならお通いになることはない、召せばいいではありませんか、と意見する。

なにのやうごとなき際にもあらず。使はせ給はんと思しめさんかぎりは、召してこそ使はせ給はめ。

やんごとない身分ならばいざ知らず、あの程度の女ならば召して使いなさるのに、なんの御遠慮がありましょうか、と強硬に主張している。「召して使ふ」は「召し使ひ」という名詞にも転じてゆくことばで、その程度の軽い対象と見られているのだ。それがある種の結婚の対象として言われるのが「めしうど」の第三義で、源氏物語の「胡蝶」の巻に、光源氏が蛍の宮を評して、あの宮は独身だけれど、通っているところがたくさんあり、また、

「めしうど」とか憎げなる名のりする人どもなむ、数あまた聞ゆる。

と言って、玉鬘の結婚相手としては警戒しなければならぬと注意している。宮に仕えている女房の中に、単なる使用人でなく、全人格的に召されている、つまり、性生活の対象ともなっている者を言っているのだ。「真木柱」の巻にも、髯黒の女房たちの中に、

御めしうどだちて仕うまつり馴れたる木工《もく》の君

というような特別の位置にある者を登場させている。これは髯黒の北の方が長年の病気のため、女房の中のある者が「めしうど」といった位置にあって、ほかの女房たちとは格が違っているのだろう。中にはそれに驕って、あたかも貴族の嫡妻であるかのようにふるまう者もあったのだろう。栄花物語の「様々の悦」の巻には、兼家が長年やもめの生活をしているので、

御めしうどの典侍《ないしのすけ》のおぼえ年月に添へて、ただ権の北の方にて（後略）

と、世間の批判を思わせる書き方をしている箇所があるが、官職の上で事情あって臨時の官、あるいは準官の意に用いられる「権（ごん）」ということばをもって、まるで北の方同様だとその羽振りのよさを言っている。

日本国中の女性を召す権力を持っている天皇は、また召した女を「たま（賜）ふ」権力をも有していたと見られる。前述の応神天皇が日向から召した髪長比売は、太子の大雀《おおさざき》の命《みこと》がその上京して難波の津に着いたのを見て、美しさに感じて、建内の宿禰の大臣に頼んで「吾に賜はしめよ」と懇願する。その願いが容れられて、天皇は豊の明り（とよのあかり。宮中での大きな宴会。新嘗の宴などか）の機会に盃を取って嬢子を賜わった。太子がその歓びと感謝の気持ちを歌ったのが、

道の後古波陀嬢子《しりこはだをとめ》を雷《かみ》のごと聞えしかども相枕まく（応神記）の歌だ。本章の冒頭の部分に挙げた、藤原鎌足が采女安見児を賜わった時の歌とともに、日本の恋の歌に数少ない歓びを謳歌する歌の代表と言うべきものだ。

似たような話は景行天皇が美濃の大根の王の娘、兄比売《えひめ》・弟比売《おとひめ》姉妹の評判を聞いて、御子の大《おお》碓《うす》の命《みこと》を遣して召された話として見えているが、大碓の命はその姉妹の美しさに迷って、ふたりをわがものとし、天皇にはほかの女を差し出した。これは「たまふ」の例にはならず、天皇が違う女たちであることを察知して、「ながめ」を経しめた（女に媾うことをせず、懲らしめた）という話に転じている（後出。終章参照）。問題になるのは評判の女性を召す使者となるのが、太子とか重い地位にある皇子といった人が多かったのではないかと見られる点で、太子であった大雀の命も天皇の使者として難波の津に髪長比売を迎えたものだろう。そういう皇子や藤原鎌足といった重臣について、天皇の召した女性を賜わる話が多い。平安朝の随身（ずいじん。地方豪族の子弟が召されて護衛の武官として仕え、皇族や重臣にも下賜された）の下賜と同じように考えることができるだろう。

女を召す「みこともち」

右の、女性を賜わる資格のある臣下はまた「みこともち」（御言持ち。天皇の命を奉じて地方におもむく使者）として各地に赴くことが多かったと見られる。日本武尊《やまとたけるのみこと》などはその代表的な存在で、父景行天皇のみこともちとして東奔西走し、ついにその途上に倒れた悲劇的人物として伝えられている。しかし、古事記と日本紀と対照してみれば明らかなように、天皇と日本武尊との足跡は大きく重複しており、伝承に混同のあることは否めないだろう。

こういう「みこともち」は時代と共に格の低い役人の派遣までも、その本義を強調して地方に臨むようになり、また待ち受ける在地の側も疎漏があってはならないからというので、必要以上に厚遇をもって迎えるようになる。京官が地方へ差遣されるととかく尊大であり、歓待を強要するという傾向は、古くから理由のあることだったのだ。そして、天皇の巡幸に際して高巫が側近に仕え枕席に侍したと同様に、「みこともち」の権威によって相応の女性の接待を受けるようになる。中には自分のほうからそれを要求する者もあるが、伊勢物語の伝えている一挿話（第六二段）なども、そういう習俗を背景にしている。かつて交渉のあった男女が、男も熱心でなかったのだろう、女が人の誘うままに地方へ下って、人に使われて暮らしていた。たまたまもとの男がその国へ下ってきて、接待を受ける立場だったのだろう、女が食事の世話などに仕えたのを、男のほうはその女と気が付いて、夜になって、この、ありつる人たまへ。

と家主に要求する。客にそういう権利のあることが行間に読み取られるが、身分ある旅行者は寝間の伽に仕える女を求めることができたのだ。「おれが分からぬか」と言われて、初めて昔の男であることを知った女は、逃げて行き方知れずになってしまったというのが結末だが、昔の読者は、かつて夫婦として暮らした男女が別れて後運命の開きがあって、思いがけない再会に辛い思いをするというプロットには特別な興味を感じたものらしい。大和物語の蘆刈の話（第一四八段）は出世と零落とが男女逆になっているが、人に知られた話だし、伊勢物語には右の話に近く、似たような話として、もう一話が載せられている（第六〇段）。

このほうが構成がしっかりしているので分かりやすいし、古今集に載せられている、

五月《さつき》待つ花橘の香をかげば昔の人の袖の香ぞする（巻三・夏歌・読人知らず）

という人気の高い歌を核としていて評価が高いが、いわばこの歌の由来譚という形を取っている。昔、宮廷勤めをしている男が宮仕えも忙しく、女に対する実意も足りなかったからか、女はもっと熱心に言い寄る男に付いて地方へ下ってしまった。年月が経って、男は出世して宇佐の使い（天子

の代替わりごと、また特に奏することがある時、宇佐八幡に差遣される使者）となって下ることになった。勅使だから、道中の国々で疎漏のないように接待する。そのある国の祇承（しぞう。接待役）の役の役人の妻になっていたのがかつての妻だった。男はそれを聞いていて、宴席に臨んで難題を持ち出した。

女主にかはらけ取らせよ。さらずは飲まじ。

この家の女主人に酌をさせよ。でなければ、おれは飲まぬ。

宴席の主客が盃をとってくれなければ、宴は始まらない。逆らうわけにゆかないから、女主が座に出て酌をしようとした時、肴としてあった橘の実を取って、「五月待つ花橘の香をかげば……」と詠みかけた。男がこの場で作った歌とも見られるが、あるいは古歌をうまく利用したのかも知れない。王朝びとは衣類に香を焚きこんでおり、ことに自分の好みで特殊な香を選ぶのが常だから、ある香りをかげばその主が思い出される。この橘の香りは昔親しかった女の人を思い出させるね。そう言われて、見れば昔の夫が今は首座の勅使として座に臨んでいる。自分は地方官の妻で、接待役としてここに侍っている。女は恥ずかしさに耐えがたくて、そのまま尼になってしまったという。

この話では閨の伽をとは言っていない。話が品よく纏まっているが、「みこともち」として地方に下る京官の気分は十分に理解されるだろう。今昔物語などにはもっと卑しげな男たちの話が載っていたりもするが、こうして旅人を家の娘なり主婦がもてなす習慣は以後長く日本の民俗として続いたもののようだ。海道筋の遊廓の存在などもその変形と解することができようが、海道から外れた田舎の村でその民俗にゆきあったという話はごく近代まで残っていたようだ。池田弥三郎の『はだか風土記』にも、沖縄に赴任した学校の先生が途中民家に泊めてもらったところ、その家の娘が一夜の妻となって歓待しようとするので困った話が書き留められているし、獅子文六の小説「てんやわんや」には土佐から伊予へ越える山中の民俗として、同様な話が戯画化して描かれている。

孕婦を下賜される

「たまふ」に関して不思議な伝承があるのは、天皇が後宮に召して孕んだ女性を臣下に下賜される話のあることだ。女性を下賜するにしても皇胤を身ごもっている女性を選んで下されるというのはいかにも解しがたく思われる。古いところでは天智天皇が藤原鎌足に孕婦《ようふ》を賜わったという話があって、大鏡が藤原氏の物語のひとつとして載せている。天皇がわが女御のひとりを譲られたというが、鎌足には前述の采女安見児を賜わった話もあるので、こんな話が取りつきやすかったのかも知れない。ところが、女御はその時すでに懐胎していた。帝は生まれた子が男であったならば鎌足の子としよう、女であったならばおれの子とする。そう約束されて、生まれたのが男の子だったので、鎌足の子となった。これが後の不比等で、藤原氏の繁栄の基礎を築いたというのだ。この話は『帝王編年記』にも載せられていて、細部に違いはあるが、帝の寵臣が妊娠している女御を賜わること、生まれた子の男女によってどちらの子とするかが約束されること、そしてその子が男で、一族繁栄の基礎となるという要点に変りはない。さらに『元亨釈書』という仏教関係の書物では同じ話が不比等ではなく、兄弟に当る定慧の話になっている。こちらは僧侶として出世した人という違いがあるわけだ。

この種の話の細部を詮索することにはあまり意味がありそうもないが、関心を引かずにおかないのは、時代を隔てて平家物語の伝える平清盛に同じような落胤説のあることだ。ある人の言に拠ると、というふうに断ってあるが、清盛は実は忠盛の子ではない。白河院の皇子だというのだ。それは、白河院が寵愛されていた祇園の女御のもとへしばしば忍びの御幸があったが、ある時、道に怪しいものが現れたのを供に仕えていた忠盛が知謀と胆力によって正体を見極めたので、恩賞として祇園の女御を賜わることになった。女御はこのとき懐妊していたが、生まれた子が男ならば忠盛の子に、女ならば院の子にしようという約束は不比等の場合と変らない。そして生まれたのが男であったので忠盛がわが子として育てた。それで清盛は臣下には考えられないような出世を遂げたというのがこの話の趣旨だ。

こういう同じ話の種が数百年を隔てて登場してくる。おそらく民間に潜伏している知識がそれに適合する歴史的事象を得て浮上し、人々の納得するところとなって流布するのだろうが、民間伝承の特色を如実に示している例と言えよう。それにしても、不思議なのはなぜ男の子ならば臣下とし、女の子ならば皇族とするか、その点が第一の疑問とせられるだろう。これにはおそらく、次のような答えが用意されるだろう。だいたい下賜される女性は、さほどの身分のある存在ではない。不比等の場合、『帝王編年記』では車持公《くらもちのきみ》の出とあるが、さしたる家筋でない。祇園の女御にしても、正式の女御と呼ばれる身分であったか、心もとない。平家物語では白河の院がひそかに通われたとあって、女御として入内することさえなかったと見受けられる。ただ共通しているのは、帝の寵愛と妊娠しているという点とで、そこに愛する女性を持った男性の配慮をうかがうことができるようだ。天皇の皇子として誕生したならば、選ばれて東宮となり、やがて皇位に就くことが最高の未来だろう。しかし、母方が有力で富裕な貴族でないかぎり、東宮・皇位には手の届くものでない。光源氏が容姿・資質・才能、すべてに恵まれ、父帝の愛をほしいままにしながら、帝は熟慮の上で臣下に下して源氏とし、官途に就くことによって世に重きをなすよう、その将来を定めたのは、光源氏に母方の後ろ盾がないからだった。亡き母の父は按察使大納言に過ぎなかったし、それさえすでに世になく、おそらく男系の後継者もなかったのだろう。母の更衣が後宮付き合いに苦しんだのも、それが最大の理由で、その母もない皇子がいかに父帝の厚い庇護の下にあろうとも、皇太子となるにはあまりに障害が多いだろう。そういう配慮から源氏に下し、左大臣に後見を頼み、その前途を計らったのだった。左大臣もまたそれに応えて、単なる後見以上に、娘と結婚させて一族となり、一家を挙げてバックアップに努めたのだった。

そういうことを参考にしてみれば、孕婦を賜うということは、孕婦そのものよりも孕まれている皇子女の未来を思い遣る帝の親心に理由があるのだと思われる。生まれた子が男の子であるならば、託した養父の力によって将来の幸福と繁栄があるようにというのが眼目だ。生まれた子が女の子である場合は、皇女は本来宮廷信仰に仕える巫女としての任務を持っている。源氏物語などにも皇女が結婚することは望ましくないという感覚が残っており、だからこれを他氏の娘として扱うことは許されない。降嫁した場合の皇女が終生「宮」と呼ばれ、客分として逗留しているという形をとるのも、皇女の結婚の特殊性としてしばしば見られることだ。だから、女だったならば帝の子としようという約束がなされるわけで、はなはだ特殊に見られるこの習俗にも実際に王朝に存在したかも知れぬという可能性は考えることができるのだ。

第九章　恋の理想を具現する

一夫多妻の論理

古代の日本において、国中の女性はすべて帝王のものであったという論理が認められるならば、王朝時代の一夫多妻の事実は天皇だけの持つ資格であり、権利でもあったということになる。もちろん実際には、天皇の恋や結婚の対象になり得る女性は皇族や豪族、または地方の有力な家々の娘たちであり、庶民の娘が問題になるはずもなかった。雄略天皇が三輪の川のほとりに衣を洗う娘の美しさに心を留めて名を問い、やがて宮に召すから嫁がずにおれと言った話などは、庶民が対象となり、その名が記録に残ったという点では稀有な例と言えるだろう。しかし、これも、そのまま娘のことを忘れてしまった天皇が八十年を経て待ち続けたことを申し出た赤猪子の誠実に感激したという説話そのものの主題に伝承の価値があったのかも知れない。「青人草」ということばが意味するように、人民一般は生成死滅する草木と同様にその存在に価値らしい価値を考えられていなかった時代なのだ。

天皇が有力な氏族の娘を召して、その政治的な立場や財力の背景、あるいは宗教的な呪力を身辺に集めておくことは、いわば国中の女性の持つ力の総和を掌握していることを意味するものだった。その意味で一夫多妻は天皇ひとりだけに認められる権利であり、権力であるはずだった。

しかし、厳密にひとりと言えるかとなると、皇位の継承者である太子、あるいは太子たり得ると見られている皇子たち、いわゆる皇子尊《みこのみこと》にもそれは認められただろうし、社会情勢の現実には、蘇我蝦夷・入鹿父子のように天皇家を凌駕するほどの勢力を持つ氏族の僭上も、天皇に倣って一夫多妻をあえてしたことだろう。かつての小国の主であった国造クラスの地方豪族も、その習慣を改めずにいたかも知れず、それを咎めるほどに厳しい統制はなかったかとも思われる。王朝社会では宮廷の生活に倣うことが上流貴族の生活の理想だった。後期王朝において、藤原氏の有力な家筋の当主などにもそれは認められる。ただ、世間の人望も無制限にそれを認めはしなかったし、それに相応する財力などが伴わなくては実行できることではなかった。ここで言う一夫多妻として認められるのはそれぞれ相応の格式ある妻を複数持つことであり、愛人程度の、人数に入らぬ女性を妻以外に持ったとしても、それは多妻の名に相応するものではなかった。

蜻蛉日記の作者道綱母は受領階級の娘で、貴族としてはさほどの身分の者ではないが、それでもみずからを兼家の妻のひとりだとするプライドを持っている。兼家の嫡妻は藤原中正の女時姫で、ほかに少なくとも四、五人の妻があったと見られるが、それらに対して道綱母は特にその存在を問題視してはいない。しかし、兼家が町の小路の女に通ったことについては、怒りにも似た非難を日記の上に書き連ねている。これは貴族の持つべき妻に価しない卑しい者を妻同様に扱っている兼家の好色に対する反撥であり、それがこの時代の一夫多妻の倫理に反しているからだった。一夫多妻の例に入る中にも、桐壺の帝が桐壺の更衣に注いだ愛情は、その身分を越えた偏愛として非難を受け、その点では源氏物語の作者までがこの寵愛は「御志のあやにくなりし」という評価を与えている。それに比して、藤壺の女御に対する最高の寵愛は、これは先帝と嫡后との間の皇女という身分にふさわしい、誰ひとり咎めだてする余地のない待遇なのだから、と全面的に容認している。天皇初め最上級の男性だけに許される一夫多妻は賛美すべき徳であり、また美的感覚にも叶う理想の生活なのだった。

しかし、前期・後期の王朝を通じて、天皇初め一夫多妻が容認される高位の男性たちのすべてが、みなそれにふさわしい「いろごのみ」の生活を送ったかと言うと、現実は必ずしも男たちのすべてにそれが許されたわけではない。だから、「いろごのみ」の生活は限られた少数の大貴族に限定されるだろう。「女御・更衣あまたさぶらひつる」と書き出されている源氏物語の桐壺の帝も退位の後は藤壺の中宮だけを傍に置いて、「ただうど」のように暮らしていた、とある。ここの「ただうど」は貴族一般を意味しているだろうから、大貴族は別としても、貴族の大半はだいたい一夫一婦で暮らしていたのだろう。ただし、それは妻を一婦に限定する厳密な制約ではなかったはずだ。

ここで「いろごのみ」ということばを用いたのは折口信夫の用語を踏襲しているもので、「いろごのみ」という語感がただちに連想を呼ぶ漢語の「好色」と同義ではない。折口の用いる「いろごのみ」はもちろん多妻を内容としているものだけれども、妻たちの身分・家柄にふさわしい待遇を与え、その容色や才能・性格などそれぞれの美点を評価して、それに相応した待遇を与える、最高の男性としての生き方であり、倫理でもあった。光源氏に対する桐壺の帝の庭訓にも、人のため恥ぢがましきことなく、いづれをもなだらかにもてなして、女の恨みな負ひそ。

（源氏物語・葵）

その女の人にとって引け目になるようなことがないよう、どの人をも穏便に取り扱って、女の人の恨みを身に受けるようなことがあってはならないぞ。

と言われている。「いろごのみ」の意義や内容についてはなお後に述べるが、「いろごのみ」はいわば高位の男性の持つ恋の美徳であり、これを実践できるのが理想の男性なのだった。

「いろごのみ」の生活の具現

多くの妻を一身に保持し、それらの妻に囲まれてはなやかないろごのみの生涯を実現して、歴史に名を残した貴人の代表としては、前期王朝では雄略・仁徳両天皇の名を挙げることができるだろう。

雄略天皇は激しい、怒りやすい霊魂を持った人格として記紀その他の記録に名をとどめているが、結婚に関しても、前章に述べた大后若日下部《わかくさかべ》の王《みこ》へのつまどいのあり方とその歌、后が大宮に出て仕えた経緯、また丸邇《わに》の佐都紀《さつき》の臣の女、袁杼比売《おどひめ》への求婚とその歌が古事記に、また相手の姓氏は伝えないが、野遊びの折にみずからおとめに求婚した歌が帝王の求婚の歌の規範として万葉集の冒頭に載せられている。そのほか数多い伝承はこの天皇の偉大さが各方面に名を残し、範例となっていることを示しているだろう。

仁徳天皇の伝記はこれまた示唆されるところが多いが、このほうは自己を抑制して、儒教的な仁慈の君であったという側面が強調されている。国中の家々の竈から煙の立ち昇ることが少ないのを見て、三年の間課役を停めた逸話などは後世まで君主の範として称えられている。しかし、一方に、嫡后石の日売（いはのひめ）の激しい嫉妬に悩み、寵愛していた黒日売が故郷の吉備へ逃げ下ったとか、高殿からその舟を見送って天皇が歌を詠んだのを大后が聞いて、人を遣して舟から追い下ろして徒歩で行かしめたというような、苦しい夫の立場を語っている話が多い。それにも拘わらず、大后が豊《とよ》の楽《あかり》（新嘗の祭りおよびその饗宴）の準備のために紀伊に幸した間に、天皇は異母妹である八田《やた》の若郎女《わきいらつめ》と結婚を遂げてしまった。難波の海まで帰ってそれを聞いた后は天皇の宮を横目に見て堀江を漕ぎ上り、山城の筒木の宮に入ってしまう。古事記では天皇がみずから迎えに行き、その歌いかけた歌の呪力が功を奏して后の怒りが解けたとしているが、日本紀ではついに難波の宮に帰ることなく薨じたとある。それほどに烈しい嫉妬を持った后だったのだ。

仁徳天皇の后妃はこのほかにも、前述の日向の髪長比売や異母妹宇遅《うじ》の若郎女《わきいらつめ》など少なくないが、その中で嫡后（大后）である石の日売が「足もあがかに嫉妬（うはなりねたみ）したまひき」（仁徳記）と伝えられていることには特別の意味があるようだ。嫉妬のために地団太を踏んで怒り狂うというのだから、いかにそれが烈しかったかが分かる。「うはなりねたみ」の「うはなり」には「後妻」の字を宛てて、「前妻」と当てる「こなみ」と対立して、時間的に前後して妻となった、後の者を指すように解されているが、実は結婚の前後を内容とすることばではない。「うはなり」には「庶妻」と当てるのが適当かと思われる。嫡妻たる「こなみ」に対して、劣位にあるのが「うはなり」なのだ。そして嫡妻としては、その夫が偉大であればあるほど、その嫉妬が烈しくあるのが当然のことであり、むしろそれは夫たる男性の偉大さを反面から語る意味を持つものだったかと思われる。だから、「うはなりねたみ」ということばを生じるほどにそれが重視せられたのだ。雄略・仁徳など人の世の「いろごのみ」の帝たちのいわば元祖として、その範と仰がれているのが神話の大国主の神だが、その嫡妻となった須勢理毘売《すせりびめ》は須佐能男《すさのお》の神の娘として、父神の激しい性格を継承している。その名の「すせり」は動詞としては「すせる」となるが、嫉妬することを意味することばで、名からして妬み心の烈しさを表している。古事記にも大国主が困じはてて、出雲を去ろうとした話が伝えられているほどだ。古代社会最高の男女は夫婦ともに激しい霊魂を持つのがいわばその特性だったと見ることができよう。仁慈の君とされる仁徳天皇も、異母妹の女鳥《めとり》の王《みこ》が背いて、媒《なかだち》とした速総別《はやぶさわけ》に心を寄せた時には、軍勢をもって二人を追いつめ追い殺してしまっている。この国の最高の男であるという自負がおのれを凌駕しようとする男、おのれに背く女の存在は許すことができないのだった。「いろごのみ」の極致には、多くの女を牽き寄せる偉大な霊魂の力とともに、その反面、いったんそれが怒りとして発動すればどれほど激しいものか、その両極が考えられているようだ。

折口学説における「いろごのみ」

右のような神や帝王の伝記や逸話を総合して、折口信夫は当時の人々の抱いた貴人の理想像として、偉大な霊魂を保持することをまずその第一に考えた。心のままにふるまって、それが神にも等しい威厳と叡智に満ちており、その言行が意識せずして正義の大道を進んでゆく。これが文献に現れる「大和心（やまとごころ）」あるいは「大和魂（やまとだましひ）」ということばの内容であると考えた。折口名彙として用いられる「やまとごころ」「やまとだましひ」はそういう豊富な内容を含むものだった。折口は万葉集の時代あるいはそれ以前の日本人の生活を包括して「万葉びと」という、これも独自の用語をもって呼んだが、それを解説した論文、たとえば、「万葉びとの生活」（大正一一年「白鳥」一―四号。新編全集第一巻）などには「やまとごころ」の顕現がいかなるものか、詳細に説明されている。古代の理想とせられた貴人は嫡妻の妬みを受ける人であり、またその大きな力は善悪を越えてその心に反するものを殺戮する。そういう具体像を思い描き、時代の変遷を経てなおその素質を保持しているものとして挙げたのが平安朝の物語の「いろごのみ」の心だった。もちろんその頂点にあるのは源氏物語だが、光源氏の人生の上に折口は遠い古代の精神の残照を見ている。光源氏が多くの女性たちを妻とし、六条の院にそれらを集めて華やかで優雅な生活を送ったのは、すでに儒教や仏教など先進国の思想の深い影響を受け、「万葉びと」の生活は遠い古代の幻影と化した時代のことだ。折口も、

やまと心の内容も、平安王朝では既に、変化し過ぎて居た。
（「女房文学から隠者文学へ」新編全集第一巻三〇三頁）

と言っている。だから、好色を戒め、邪淫を避け、きよらかな仏道生活の後に極楽往生を願う、時代思潮としての理想は光源氏とても否定してはいない。しかし、それにも拘らず、光源氏はなかなか出家を遂げようとしないし、その生き方はまさに「やまとごころ」を保持した古代王族の大きな包容力と王道を貫く峻厳な意志に満ちている。

折口が晩年、昭和二十三年に光源氏の「いろごのみ」を解説した「伝統・小説・愛情」という文章では、

私はあまり祖先を傷けない語で、又あんまりちやほやすると謂った軽薄らしさのない語で、祖先のよさを語りたいと思ふ。其には、彼らが、色好みであつて、いろごのみであつたが為に、

極度に寛大であり、又際限なく恣にものをしながら、少しも邪悪をふるまはなかつたことを話すのが、一番適当なのではないかと思ふ。(新編全集第一五巻二八八頁)

という前置きのことばを置いて語り出している。そうして「いろごのみ」本来の意義を、源氏物語「若菜」一連の巻々の女三の宮に対する柏木の密通に対処する光源氏のあり方に見てゆくのだが、ここで折口は「いろごのみ」の本義を説きながら、好色と言うべき話題にはまったく触れていない。女三の宮という高貴の妻に、紫の上の病気に心を奪われていたわずかの隙を盗んで接近した柏木のふるまいを、もちろん許しておくわけにはゆかぬ。しかし、光源氏がしたのはその罪の恐ろしさにただでさえ病に伏している柏木を呼び出して、平素と変らぬ軽口をまじえた会話の間にじっと柏木を見据えただけだった。だが、その視線は源氏が柏木の存在を許していないことを覚らしめるものだった。柏木はこの世に生きる望みを失い、また穏やかな対応の中にも女三の宮をも許していないことが、この大きな赤児のような姫君に、初めてみずからの意志で出家しようとの決意を起こさせる。そうして表面にはさして波風を立たせることもなく、柏木は亡き人となり、女三の宮は尼となって事件は収束する。光源氏はなんら手を下すこともなく、ことはその望むところに納まって、再び平穏が訪れる。それが光源氏という大きな人物のこの事件への対処のしかたであり、みずから手を下すことなくその周辺があるべき姿に収まってゆく。「万葉びと」の激しさとは違うけれども、その強い意志の力は古代以来の日本の理想を具現するものだった。

後期王朝の恋の理想

源氏物語に見られる光源氏のこの生き方が後期王朝に見られる「やまとごころ」、この時代にふさわしいことばをもってすれば「いろごのみ」の最後の発露だったと折口は考えた。折口信夫の源氏物語に対する最大の評価と愛着はこの点にあった。後期王朝の文学からなお「いろごのみ」に関する特色ある事項を摘出するならば、光源氏が多くの妻たちのすべてに「心長さ」をもって対していること、すなわち多くの女性たちの行く末を見届け、その生涯をやすらかならしめたこと、これが単なる好色――「すき」ということばをもって呼ばれる行動との大きな相違点だということ、また光源氏の嫡妻たる紫の上は女性としてのあらゆる美点を備えているけれども、嫉妬という一点だけは時として光源氏を苦しめ、それを指摘させずにはおかなかったことなどが挙げられる。この最後の点などは源氏物語の作者さえおそらく説明し得なかった古代以来の理想の男性の嫡妻の持たねばならぬ性格の顕現だったただろう。

源氏物語に光源氏が末摘花という醜女に媾うことも、後世から説明の付けにくい不思議な構想で、単なる滑稽をもって笑いを誘ったとだけでは納得しかねるものがある。しかし、これもいろごのみの男が女の美醜に拘らず、その優れた霊力をわがものとすることに意味があったと考えれば、その理由が明らかになろう。古事記に邇邇藝能命《ににぎのみこと》が大山津見の神の奉った姉妹のうち、美しい木花之佐《このはなのさ》久夜毘売《くやびめ》だけを納れ、醜い石長比売（いはながひめ）を送り返したことが天皇の寿命の長くない所以だと説かれている。石長比売はその名の示すように、堅固な寿命を守護する力をもつ女性だったろう。こういう遠い伝承がその理由を忘れられて後も、論理の型が末摘花の物語の背後にはたらきかけていたと考えることができるだろう。

似たようなことは、光源氏が源典侍という老女に媾うことにも考えられる。伊勢物語にも業平と見られる主人公がつくもがみ（九十九髪）の老女に媾う話が載せられていて（第六三段）、その末尾には作者が顔を出して、この男は自分が好感を持つと持たないとのけじめを見せぬ心を持っていたという賛辞を付している。折口信夫は村の後家など年長の女が青年たちの性の手ほどきの役に当ったなど、民俗的な事由がその背景にあったという説明を与えているが、醜女の場合と同じように考えれば、翁舞などと同様に長寿の人の保持する霊力を摂取するという説明ができるのではないかと思われる。古代の結婚には、その相手となる女性の保持する霊魂の力が第一に問題にされたのだった。

歴史の上で後期王朝の歴代中、「いろごのみ」の帝としてその後宮のはなやかさが伝えられているのは、村上天皇だろう。延喜・天暦の治と並び称せられる醍醐天皇の後宮も、皇后穏子、妃為子内親王以下、女御・更衣など合わせて十五人を数え、男御子十六人、女御子あまたと伝えられているが、栄花物語は特に村上天皇の後宮について多くの筆を費している。延喜・天暦と並んで賛美されたのは、治世の上の成果ばかりではなく、後宮の華々しさ、後宮文化の優美華麗においても範とすべき時代とされたのだった。源氏物語がこの時代を桐壺の院・冷泉院の治世に当ててモデルとしたのも、当時の読者の同感を得たところだったに違いない。栄花物語や大鏡の述べるところから抄出すると、村上天皇の後宮には多くの女御たちが入内した中で、一の女御と言うべき地位を占めたのが藤原北家の嫡流九条師輔の娘であった安子で、皇后の位に就き、所生の皇子二人が冷泉・円融天皇となっている。関心を引かれるのは、この后が嫉妬深く、機嫌の悪い時には、夜更けて訪れた帝に対して格子を開けようとしなかったとか、あるいは宣耀殿の女御芳子が天皇の寵愛を受けているところを壁の穴から覗き見て、土器《かわらけ》の破片を打ちかけた、と言う。これに類することが多かったようだ。芳子は美人の誉れの高かった人で、ひと筋の髪を檀紙に置いたところ、檀紙一枚を隙なく覆い尽したと言う。父師尹の薫陶で、手習いや琴《きん》の演奏とともに古今集を暗記することを学問としたが、その評判を帝が耳にされ、「やまと歌は……」という序文から始めて歌や詞句の続きを問いかけられたが、全巻ひとつの誤りもなく答えたと言う。

そのほかにも、それぞれに才あり、個性ある女性たちがいたようで、ある時、天皇が后妃たちを試してみようと、

逢坂もはては往き来の関もゐず尋ねて訪ひこ来なば返さじ

男女が逢うという名を持つ逢坂の山にも、いまでは往来の人を停める（逢うことを妨げる）関を据えてはいない。だから、おれのところへ逢いに尋ねておいで。来たら、返しはしないから。

という歌を、同じように書いて皆のところに送ったところ、広幡の御息所だけがこれが沓冠（くつかうぶり。和歌の各句の冒頭と末尾にことばを隠して詠み込んだもの）の歌であることを見抜き、「あはせたきものすこし」という誂えに応じて調合した薫物を奉ったというような逸話もある。斎宮の女御と称せられて和歌の才を謳われた徽子女王なども、この帝の女御のひとりだ。こういう環境の中から優雅を旨とした文化が生まれたので、源氏物語の「絵合」の巻のモデルと言われる天徳歌合が催されたのもこの時代だった。宮廷文化がひとつの頂点に達した時代だった。

理想化された源氏の物語

そんなはなやかな宮廷生活のおもかげをせめて物語で読ませたい、絵巻物で味わう機会を与えたいという人々の思い、またそれを得ようとする読者層の欲求が源氏物語を最高峰とする後期王朝の文学や絵画の作品を生み出す原動力となったのだった。更級日記の作者のような文学ファンは、宮廷や貴族の姫君たちを初めとして、女房たちの末々に至るまで、数知れぬほどいたことだろう。むしろ、女性たちの中に物語を見向きもしないという者を捜すのに苦労しなければならないことだったろう。しかし、歴史物語は別として、作り物語となると、いかに賛美の対象となるにしても、天皇その人をモデルとしていろごのみの物語を書くことには、憚られるところがあったに違いない。それよりも、遠い古代以来の伝統として、美しい皇子《みこ》の物語がどれほど多くの夢を日本人の心に育ててきたことだろう。日本武尊を初めとして、軽の皇子、廐戸の皇子、大津の皇子、高市の皇子など、数えても数え切れないほど、優れて英邁であり、美しく、あるいは悲しい人生を生き死にした多くの皇子たちの伝記が物語の主人公として人々の心に深く印象づけられていたことだ。

後期王朝においても、それは源氏ということばに置き換えられて、人々の心に印象されていた。「源氏」ということば自体は皇統から離れて臣下に列した皇子を言うはずのことばだが、却ってそれが高貴な出自、優れた血統を言うことに傾いた傾向がある。平安朝も早い時期に嵯峨天皇・仁明天皇の多くの皇子が源の姓を与えられて臣籍に下り、それぞれに高位に上ったひと時代があった。源融《とおる》がまだ若い時分、やっと参議に列せられた時には、右大臣藤原良房のもとに、大納言源信、中納言源定と弘、参議には先輩として多《まさる》がいて、源氏が一大勢力をなしていた。やがてこれらの中から常《ときわ》・信《まこと》・融・多・光《ひかる》など相次いで大臣の位に至る者が出て、皇親の一派が藤原氏の勢力伸張を牽制する力となっていった。

中でも王朝びとの記憶に深い印象を残したのが源融で、清和・陽成・光孝・宇多四代にわたって左大臣として政治の中枢にあり、陽成退位の後、後継に意見が纏まらなかった際には、皇統に近い者としてみずから即位の意志のあることを表明したりもしている。晩年は藤原基経の政治力に押され、嵯峨の棲霞観に隠棲して出仕しなかったというが、東六条賀茂川のほとりに河原の院という別邸を営んで風雅の生活を楽しみ、宇治にも別荘を構えて、これが後に道長の手に入り、頼道に伝領されて、平等院に改築されたものだ。融の勢力と人物に対する人気がどれほど大きなものだったかは、源氏物語の構想の上にも痕跡を留めている。光源氏の嵯峨の別邸も、夕顔の死の舞台となる六条あたりの某の院も、光源氏から夕霧に伝えられたという宇治の院も、当時の読者にはみな融の豪奢な生活を連想させ、その知識と重ねて物語を理解させる拠り所となったに違いない。

融の結婚関係については、『尊卑分脈』に少なくともひとりの妻と五人の男子のあったことが見えているが、それ以上のこまかなところは分からない。資料の性格として、そのいろごのみの生活を伝えようとしたものがないので、栄花物語・大鏡がこまごまと描き出した時代とは相違がある。心にかかるのは、『河海抄』(一四世紀後半四辻善成の著。源氏物語の注釈書として古いもののひとつ)が世間にあまたの源氏の物語がある中で、この物語は「光源氏の物語」と称すべきだと言っていることだ。源氏物語以前に多くの別の源氏物語があったとすれば、融やその他世間に印象を残した源氏を主人公とし、あるいはモデルとした物語が存在したのではないかということになる。今日残らなかった源氏の物語があって、あるいは物語としてその生涯を、いろごのみの側面から伝えたものであったかも知れない。そういう可能性だけは思い描いてみることが許されるだろう。物語の祖とされた竹取物語にもいろごのみの要素はなくはないが、伊勢物語は明らかにいろごのみを主題としている。伊勢物語が業平集から発展したことは先学諸氏の研究の成果としてまず信じて誤りのないところだろう。そして、これを業平のいろごのみの物語として編纂しようとしたことも明らかにうかがわれる。しかし、業平の作歌以外にも関連ありそうな和歌と和歌を核とする物語を加えたために、物語全体のテーマはやや曖昧にせられた恨みがある。業平は平城天皇の皇子阿保親王の子だから孫王に当り、皇統はやや薄く感じられるが、母が桓武天皇の皇女伊登内親王で、こちらから言っても宮廷の血筋だから、昔の人にはその点が重く見られたのだろう。伊勢物語の作者も、

身はいやしながら、母なん宮なりける。(第八四段)

と断っている。その男がいろいろな恋の場面にどう対処したか。それを書いた物語とすれば、これも一種の源氏の物語という認識を根底に持つものだったと言うことができるだろう。

いろごのみの極致としての「とのうつり」

右のような、今日失われた源氏の物語が複数存在していたと考えることが許されるならば、それらの積み重なりの上に筆力優れた作者によって光源氏の物語が書き出され、大きな人気を博したこと、それによってそれ以前の物語が色あせて失われ、あるいはその構想の一部が新しい源氏物語に取り込まれて、今日われわれの手にあるような源氏物語が残されたという推測も、ひとつの筋道として成り立ち得るのではなかろうか。ともかく、源氏物語がいろごのみの物語の集大成として文学史の上に屹立する事実は壮観と言うことができるだろう。

いろごのみの物語は多くの女性たちとの優美な恋を描くことにひとつの目的があったことは言うまでもないが、その主人公の繁栄の頂点にいろごのみの極致として、複数の妻たち、所生の男君・女君たちを広壮な邸宅に集め住ませ、風雅で豪奢な生活を繰り広げる場面が描かれることが物語としての約束だったのでないかと推測される。源氏物語で言えば、「少女」の巻で光源氏が六条京極あたりに四町を占めた邸宅を造り、四つの町（区画）を四季に当てて、それぞれの季節に合った殿舎を建て、草木を配するなど、さまざまな趣向を凝らし、そこに住む人物もその季節にふさわしい女性を選んで配置する。東南の町には春を愛する紫の上を据え、六条御息所の旧邸を取り込んだ西南の町には、その遺児で秋に心を寄せる秋好の宮を据える。宮は冷泉院の帝の中宮となっているので、その里邸という格をもって一角をなす。東北の夏の御殿には花散里を、西北の冬の御殿には明石の御方を割り当てる。そうして、玉鬘という若く美しい女性を物語の上に新たに登場させ、「初音」の巻以下、光源氏三十六歳の一年間を季節季節の自然と人事の織りなす美を存分に描き出して読者を堪能させる。「とのうつり（殿移り）」ということばはこの場で使われていないが、これがまさにその主題に相当する内容だ。「玉鬘」の巻で、右近というかつての夕顔の女房が亡き女主人を偲んで、あれほど光源氏の寵愛を受けていたのだから、きっと、

この御殿移りの数の中には交らひたまひなまし。

という感想を持っているという叙述にそれが証されている。

「とのうつり」が物語の有力な主題だったことは、枕草子の「物語は」の条に、

物語は住吉。うつぼ。殿うつり。国ゆづりはにくし。（以下略）

とあって、ひとつの独立した物語の名となっていることからもうかがわれる。この「宇津保」「殿移り」「国譲り」と三つの物語として並んでいる名は、いずれも現存する宇津保物語に関係があると見られる。宇津保物語は二つの物語の筋を併せてひとつにしたものではないかと見られるが、今

日の宇津保物語で「宇津保」の名に最もふさわしいのは主人公のひとり、仲忠が大きな木のうつぼ（空洞）に住んで母を養う「俊蔭」の巻だろう。「国譲り」は現存する巻にもその名があり、その意味するように天子の御代の交替を内容としているが、「殿移り」という巻はない。しかし、内容から言えば、「藤原の君」の巻に一世の源氏である正頼が三条大宮のあたりに四町をかけた邸宅を持ち、二人の北の方にそれぞれ大勢の男君・女君があって、あるいは官位栄達し、あるいはよい婿取りをして栄華を極めたことが述べられている。ただし、ここにはその概略を言うだけで、具体的な生活の描写はない。また、「蔵開（中）」の巻にも、仲忠が祖父俊蔭の旧邸を修理して、父兼雅と妻子一族を一緒に住むよう手配を進める話があって、これも殿移りの一類と見ることができる。

そのほか、とりかへばや物語では男に戻った大将が二条に邸を構え、吉野の宮の姉君と右大臣の四の君とをそこに住ませるという筋立てがあり、すでにいろごのみの理想を描くという目的の薄れた物語にも、主人公の栄華と言えば邸宅の造営と妻とする女性、所生の子らを一緒に集め住むという類型が想起される傾向を残しているようだ。

関心をそそられるのは、殿移りを主題とする一類の物語が主人公の栄達を描く時に、約束のように四町を占める邸宅が造営されるという叙述が現れることだ。碁盤の目のように区画された平安京の大路・小路で割り付けられた一町は広さ約四五〇〇坪。大貴族の邸でも一町が普通だと言うから、四町を占める邸宅はいかに特別のものであり、その主人公が社会的に持つ人望・権勢など抜群のものであったか、多言を要しないだろう。源氏物語の「藤裏葉」の巻では、光源氏のその六条の院に天皇・上皇が揃って来臨され、光源氏は上皇に準ずる待遇を受けることになったと、その繁栄の頂点が描かれる。まさにめでたしめでたしをもって物語の第一部が閉じられるわけだ。

終章　恋の嘆きの定型化

恋の応酬と和歌の効用

恋や結婚の生活と和歌との結び付きは日本人の歴史のほとんど最初からあったもののように見受けられる。少なくとも万葉集の時代には、有識階級の間で恋の応酬の手段に和歌を用いることが一般化していた。相聞往来の歌の大部分は男女の間の恋に絡んでおり、これが口頭でのやりとりから使者の口によるもの、紙筆を用いるものへと移ってゆくにつれてその数を増し、万葉末期には相聞の歌の大群を記録にとどめることになった。上流階級の恋はいつしか和歌をもって心を伝えるものと決まっていて、和歌なしにはそれが成り立たないほどになっている。後期王朝の文学作品を見ると、ことばの選択、歌の読み口ばかりでなく、文字の書き様、句の配置、料紙の配合にまで細かく気を使い、受け取る側でもそこに現れている人柄や才能の程を評価の対象として云々するほどに鑑賞が微に入り細にわたるようになっている。和歌の能力なしには恋が成り立たないまでに、その結び付きは緊密になったのだ。

源氏物語「玉鬘」の巻に、肥後の豪族である大夫の監が、自分だって地方の人間と言っても馬鹿にしたものではない、歌を詠むことくらいはできるのだからと言って、苦吟のあげく本末の合わない求婚の歌を詠み出すところがいかにも滑稽に描かれているが、都の貴族階級ばかりでなく、地方でも上流の階級の人間には和歌を詠む程度の教養は普遍化していたものだろう。貴族に仕える地方出身の従者とか、駅路の遊女などが思いがけず時宜に適した歌を詠み出して賞賛を受けるというような逸話も『発心集』や『十訓抄』などにたくさん伝えられている。

恋や結婚がこうして和歌と結び付いていることは日本文化のひとつの特色を形作ることになった。「みやび（雅）」ということばが「みや（宮）」を語根としていることは言うまでもないが、宮廷風を中心とする文化が貴族に及び、庶民に浸透して、崇敬と憧憬の対象となり、これに倣うことが人間として優れたものになるという観念が社会全体に根づくに至った。それを端的に表すものが和歌なのだった。恋の生活に和歌が伴うことは王朝びとがみずからを高め、生活を洗練する契機になったのだった。

四季の歌と比較してみると、恋の歌はその進歩に一歩を譲っているように見受けられる。古今集において、四季の歌は題材による整理が行き届いており、その題材の配列も季節の推移に伴って絵巻のように繰り拡げられてゆく。それに比べて恋の歌は整理がむつかしく、一歩遅れている感を脱することができない。そして、和歌が人間性を深めるという認識においても、四季の歌がやはり一歩を先んじている。

古今集の価値が認められ、歌の道そのものばかりでなく、和歌的な感受が趣味生活、文化的教養の規範となり、そこにみやびの境地の理想を見出だすようになると、そういう境地への理解のあることが人間として優れたことであり、希求すべき願望とせられるようになった。古今集から百年あまり経った頃には、四季の歌の上で「心あり」「心なし」ということが問題にされるようになってくる。

心あらむ人に見せばや津の国の難波わたりの春のけしきを（後拾遺集・春上・能因法師）

自分は「心ある」人とは言われないが、その自分でさえも難波の春の景色がこれほどに身に沁みて感ぜられる。まして「心あらむ人」ならばこの景色をどれほど深く味わい、どれほどしみじみとした感受を示すだろう。さぞや心深い歌を詠み出すことだろう。そんなふうに自分を一段低く置いて、それ以上の深い鑑賞、本当の理解ある詠作を見せてほしい。そんな心を詠み出しているが、四季の風物の持つ本当の情趣、価値ある風情を優れた感性によって取得したいものだ、という願望がやがて世間に行きわたってくる。文学的境地に対するひとつの共通する地盤が生ずるのだ。「心あらむ」人への敬仰は、みずからを省みて「心なき」身と表現するようになる。

心なき身にもあはれは知られけり鳴立つ沢の秋の夕暮れ（新古今集・秋上・西行法師）

というように、自然の摂理を理解し、本当の意味で秋の夕暮れの情趣を理解する人ならばそれはもっと深いものがあるだろう。が、それに及ばないまでも、秋の夕暮れにあたり近い沢から羽音を立てて鴫が飛び立つ、そんな情趣は本当に心に沁みて感じられる。この二首の歌を見るだけでも、和歌の上に人間性を深める境地が開拓せられる経緯が感得できるだろう。

恋の「あはれ」の実践へ

四季の歌の上に「あはれ」を発見し、その身に沁みるような情緒を理想とし、願わくはそういう境地に身を浸し、その境地を歌に詠み出したいと求める欲求は、恋歌のほうにも延長せられるようになった。さらに実生活の上にもそういう境地を体験することが知識階級の願望となる。第三章にも引用した、

恋せずは人は心もなからましもののあはれもこれよりぞ知る（長秋詠草）

の歌は、恋の上にも「あはれ」の境地を重く見て、その人生に及ぼす意義を自覚的に唱え出したものだが、作者の藤原俊成は新古今歌壇の先輩格の存在であり、長寿を保って歌壇の指導者と仰がれた人だから、この歌によって恋の「あはれ」が人々の認識を新たにしたことだろう。しかし、それ以前から、恋に「もののあはれ」を感じようとする傾向は意識しないまでも、ひとつの時流として萌していた。更級日記の作者が実務的な夫との結婚生活についてはほとんど日記の上に触れていな

いにも拘わらず、時雨の降る一夜、ある殿上人と四季の情趣について語り合い、たがいに好意を持ち合った体験は深い思い入れをもって書き留めている。

右に挙げた俊成には、新古今集に入集した恋歌として、

女につかはしける　　皇太后宮大夫俊成

よしさらば後の世とだに頼めおけつらさに堪へぬ身ともこそなれ（恋歌三・一二三二）

という歌がある。詞書にあるように、実際の恋の生活のひとこまとして生まれた歌で、そのことがこの歌の世評をより高めたと見ていいが、女がこちらの熱意に応えるような返事をくれない。たまりかねて、もうそんなことならこの世での恋の成就は願うまい。せめてあの世で夫婦になろうという約束だけでもして、頼みとさせてくれ。おれはもうあなたの冷淡さに命も堪え切れなくなってしまいそうなのだから。そう言ってやったものだ。実際の恋としては少し技巧がかちすぎている気もするが、相手に迫る迫力は十分に感じられる。

返し　　定家朝臣母

頼めおかむただばかりを契りにて憂きよのなかの夢になしてよ

返歌を送ったのは「定家朝臣母」とあるように、後に結婚して定家たちの母となった人だったのだが、これは返歌のほうが相手の上を行っているかも知れない。そうおっしゃるなら、おことばどおり約束いたしましょう。ほんのそればかりのことを、この世におけるふたりの仲の宿縁として、辛いさまざまな思い出はすべて夢だったのだと思って忘れ去ってください。あなたがそれでよろしいのなら。相手がもうこれ以上生きて行かれそうもない、だからあの世での恋の成就をせめてもの約束としてくれと言って来たのに対して、あなたがそれでいいのなら、あの世ばかりを頼みにして、この世での辛い、苦しい、さまざまな交渉はみんな忘れておしまいなさい。でも私はそうはできないのです。こういう返事をもらって、男の惑乱はいっそう深まったことだろう。この定家母は藤原親忠女で、初め藤原為経と結婚、後に俊成と再婚して定家その他の子息子女を儲けたという（久保田淳『新古今和歌集評釈』に拠る）。この贈答は新古今集の恋歌三の巻の末尾を飾って、当時世間に喧伝されたことを思わせるが、新古今集になると、こういう和歌の上の境遇と現実とが混じり合ったような、みずから物語の作中の人物に身を置いた作品が数多くなってくる。王朝びとの恋はそんな境地にまで進展して行くが、このあたりを峠として時代の変化は和歌の制作をも、恋の受容をも、おのずから質の違ったものへと導いていったようだ。王朝びとの最も王朝びとらしい生活にぼつぼつ終焉が訪れる。「王朝」という社会が終って、新興の勢力である武家が新しい時代を新しい論理や倫理をもってリードするようになる。王朝びとの恋は幕を閉じたと言っていいかも知れない。

しかし、文化の上の規範としては、なお王朝ぶりは大きな価値を占め続けた。和歌にしても、この後なお新勅撰集以下十三の集が宮廷を中心に編纂せられたし、宮廷風の風雅の道は厳然として文化の上に君臨していた。恋の生活においても、規範とされるのは王朝風のしきたりであり、恋の感受のあり方も、結婚方式に変化が生じて後までもなお王朝風に倣うことに変りはなかった。

変ることのない嘆き歌

日本人はどうしてこうも恋を悲しみ、成らぬ恋に懊悩する性癖があるのだろう。そんな疑問を生じるほどに王朝びとの恋は悲恋に偏っている。

おそらくそれは、万葉集の相聞歌以来消息の歌が恋の歌の主流を占めたことによるものと思われる。消息の歌の制作は相手の心を思いやり、みずからの心を反省して、一歩でもひと言でも相手に近づこうとする。その沈思黙想が文学制作の態度に近く、反省的であることが悲恋の思いに通じている。そのことが恋の侘び歌を数多く生み出したとともに、王朝びとの恋の概念を悲恋の色彩で覆ってしまった傾向がある。

同じ恋の歌でも、前期王朝にはまだ恋する相手への賛美や成婚の喜びなど、明るい歌の数々を見

出だすことができる。伝えられる作歌の事情は別にしても、

赤玉は緒さへ光れど白玉の君が装ひし尊くありけり（神代記）
葦原のしこけき小屋《をや》に菅畳《すがだたみ》いや清敷《さや》きてわが二人寝し（神武記）
倭方《やまとへ》に西風《にし》吹き上げて雲離れ離《そ》きをりともわれ忘れめや（仁徳記）

などの健康で明るく歌い上げられた恋の思いは、後期王朝の憂鬱な悲恋とは随分の距離を感じさせる。それは歌の詠まれた場の違いに大きな理由があるだろう。度々引用するが、

道の後古波陀嬢子《しりこはだをとめ》を雷《かみ》のごと聞えしかども相枕まく（応神記）
我はもや安見児《やすみこ》得たり皆人《みなひと》の得がてにすとふ安見児得たり（万葉集・巻二・九五）

などは恋の喜びを明るく歌い上げている。おそらくそれは成婚の宴席を場としているのだろう。饗宴の席では喜びを誇張することが同感を得やすく、また喜びと感謝の表現として衆人の納得を得られたものだ。後のほうの歌の「安見児得たり」という二句・五句の繰り返しなども、歌い上げられた歌の単純化の効果を十分に見せている。万葉集の相聞歌の中から、数少ないながら恋の喜びを歌

った歌として、伊藤博氏が例示せられたものを借用すれば、

大原のこの櫟《いちし》葉《ば》のいつしかと我が思《も》へる妹に今宵媾へるかも（巻四・五一三）

梅の花散らす嵐の音にのみ聞きし我妹《わぎも》を見らくしよしも（巻八・一六六〇）

真菰《まこも》刈る大野河原の水隠《みこも》りに恋ひ来し妹が紐解くわれは（巻一一・二七〇三）

というようなものがある。その内容から見て、これらも、おそらく成婚を機として歌われたものだろう。しかし、この種の歌は類型に陥りやすく、何よりも消息の歌の数に圧倒されて、恋の歌の主流はその方へと偏ったものと思われる。そうして、相聞の歌の沈思と煩悶は、陰鬱と悲観を基調とする傾向を逃れることができない。喜びの感情を率直に表現していいはずの「後朝の歌」でさえも、男は早く逢いたいのに思うに任せぬ不如意を言うことに主眼を置き、女は何事の分別もつかない惑乱を言うことに、いわば約束ができあがっていて、その類型を離れてはものを言うことができない。恋の歌の主流はわびしい思いを訴える悲恋の歌一色に占められるようになったのだ。そして、またそれを「あはれ」と見る鑑賞が歌壇の大勢を制する時代が訪れるようになった。実生活においてさえ、「恋のあはれ」こそ心ある人の願い求めるところとなった。

和泉式部日記の敦道親王との恋が深まって、ふたりの恋が絶頂にある時分、式部から親王へ送ら

れた文には、

風の音、木の葉の残りあるまじげに吹きたる、常よりものあはれにおぼゆ。ことごとしうかき曇るものから、ただ気色ばかり雨うち降るは、せん方なくあはれに覚えて、

秋のうちは朽ち果てぬべしことわりの時雨にたれが袖は借らまし

嘆かしと思へど、知る人もなし。草の色さへ見しにもあらずなりゆけば、しぐれん程の久しさもまだきにおぼゆる。風に心苦しげにうち靡きたるには、ただいまも消えぬべき露のわが身ぞ、あやふく草葉につけて悲しきままに、奥へも入らで、やがて端に臥したれば、つゆ寝らるべうもあらず。(以下略)

風の音が、梢に残っている木の葉を残らず吹き散らしてしまうだろうと思われるほどの烈しさで吹いているのが、ふだんよりも何かしみじみした気持ちで感じられる。空がなにやらものものしく曇っているものの、ほんの少しばかり雨が降っているのはしみじみとした気持ちがして、

(人に飽きられるという)秋の季節が終らないうちには、私の袖は涙に濡れてすっかり朽ちてしまうでしょう。そう思われるのも道理で、もう降り出した時雨に、これからはいったい誰の袖を借りて涙を拭えばいいのでしょう。

溜め息づきたいこの気持ちを、誰も分かってはくれない。(あの方のおいでがかれがれになるのと同じように、)草の色までがすっかり変り果てて、やがてその季節となる時雨が続く(涙にくれる)時分のことも、もう今からその気持ちがしてくる。風が吹くのにつれて、胸が迫るように草の葉が吹きしおられているのを見ると、あの草の葉にとまっている露のように、たった今のうちに消えてしまうだろうと思われる私自身が、草の葉同様もろくも悲しいものとたまらなく思われるにつけて、奥へはいる気にもなれず、そのまま端近いところで横になったところが、ほんのぽっちりとも寝られそうにもない。

と、こんなふうにわが身を悲観的に、絶望的に感じる文言が並んでいる。それは時代の表現の癖として、いくらか割り引いて受け取っていいかも知れないが、恋する身を悲劇的境遇においてその辛いせつない思いの中に「恋のあはれ」を味わおうとする、感受の型の典型的なものと見ていいだろう。

秋の恋、夕暮れの恋、月に寄せる恋

古今集以後の恋の歌の類型は、ほとんどその悲劇性を脱することを不可能にしてしまった。それは単なる修辞ばかりでなく、恋に向おうとする感性までをも規定してしまったからだ。万葉集の時

代ならば、秋という季節に対して、紅葉の美しさを愛し、草花のはなやかさを賞する自由な感覚を見せている。しかし、古今集以後には紅葉を愛でるにしても、その散ることに関心があり、

秋は来ぬ紅葉は宿に降り敷きぬ道踏み分けて訪ふ人はなし（古今集・秋下・読人知らず）

というような心の持ち方へと傾きがちになってくる。「秋」という季節の名までが人に「飽き」られるという悲愁の連想を免れることができないのだ。

大方の秋来るからにわが身こそ古りぬるものと思ひ知りぬれ（古今集・秋上・読人知らず）

のように、一般の、季節としての秋が来たのに、その名の「あき」という音からわが身が古びて飽きられるものになったという自覚を呼び覚まされる。そういう感受をのがれられないのだ。そして、その「秋」は「心づくしの秋」だというふうに感覚が固定してくる。

木《こ》の間より漏り来る月の光見《かげ》れば心づくしの秋は来にけり（古今集・秋上・読人知らず）

の歌では、木の間から漏れる月の光を見ても、しみじみと身の悲しさが思われる、と言い出している。人に飽きられ、悲恋の嘆きに苦しまなければならぬ、世間で言うところの「心づくしの秋」がわが身の上にも訪れてきたのだ。そんなふうに「心づくしの秋」ということばが成語として固定してきていることに注意が引かれる。

ものごとに秋ぞ悲しきもみぢつつうつろひ行くを限りと思へば　(古今集・秋上・読人知らず)

何を見ても、見るものごとに秋は悲しい思いをそそられてならない。こうしてすべてのものが凋落してゆく。そのようにわたしの恋ももうこれが最後なのだと思うと……。

ひとり寝《ぬ》る床《とこ》は草葉にあらねども秋来る宵は露けかりける　(同上)

あの人が来なくなって、こうしてひとり寝ている寝床は、草の葉ではないはずなのに、秋(飽き)が来た宵の時分は露(涙)で湿っぽくなることだ。

いつはとは時は分かねど秋の夜ぞもの思ふことの限りなりける　(同上)

わたしの恋はいつという季節の区別はない。いつも嘆きにくれているのだけれど、それでも特に秋の夜は、あれこれともの思いをすることがこれ以上はないと思われるほどで、嘆きが尽きることがない。

こういう和歌の積み重ねが三百年四百年と続き、しかも和歌を風雅の極致として、ほとんど信仰のように崇敬しているのだから、日本人の恋に対する感覚はほとんど固定してしまった。古今集以来の千年をもって眺めてみても、恋する男女の感情は基本的に規制されてしまった感がある。夕暮れが男の訪れを待つ女性の最も心の動揺する時間であることは第三章を中心に繰り返し述べたところだが、

夕暮れは雲のはたてにものぞ思ふ天つ空なる人を恋ふとて（古今集・恋歌一・読人知らず）

夕暮れになるといつもいつも、雲のたなびくかなたに向って、もの思いを続けることだ。まるで、わたしに対して上の空で本気に相手になろうともしないあの人がそこにいるかのように。

夕月夜《ゆうづくよ》射すや丘べの松の葉のいつとも分かぬ恋もするかな（同上）

夕方になると、月の光が射すこの丘べの常磐の松の葉ではないけれど、いつも変らず待ち続けて、焦がれない時といってはない、苦しい恋をすることだ。

いつとても恋しからずはあらねども秋のゆふべはあやしかりけり（同上）

いつと言って、あの人が恋しくないことなどありはしないけれど、秋の夕方は変な気持ちがするほど恋心が募ってきてたまらない思いがする。

最後の歌は夕方の恋しさに加えて、秋という季節が重なっている。そして注意せられるのは、これらの歌がいずれも読人知らずであることだ。「いつとても」の歌は万葉集にも類歌があるから、おそらく当時から民間に流布していた歌謡の類だろうと思われる。古今集の読人知らずとして並べられている大量の恋の歌には、歌謡の系統の歌がたくさん含まれていると考えてみる必要がありそうだ。

「夕月夜射すや丘べの……」の歌には月が題材になっているが、月もまた悲しい恋の思いを誘う小道具のひとつとされている。灯火の乏しい通い路を闇の夜に行くことは困難だった。自然月のある頃が男の通いの期間であり、女のほうは月を眺め、ものを思いつつその来訪を待っている。その月の夜にも訪れのないことがある。男の愛情が薄らいで、空しく月に対するような境遇もまれなものではない。「木の間より漏り来る月の光見れば……」の歌は先に挙げたが、同じように秋の月に関する悲恋の歌では、

月見れば千々にものこそ悲しけれわが身ひとつの秋にはあらねど

（古今集・秋歌上・大江千里）

月の光を見ると、あれやこれや悲しい思いに心が乱れてしまう。わたしひとりにとって悲しい秋というわけではないだろうけれど……。

の歌もある。作者は漢文学にも造詣の深い人だが、なぜものが悲しいかとなると、人に飽きられたためのもの思いということが、約束のように言外にこめられている。

月夜には来ぬ人待たるかき曇り雨も降らなむ侘びつつも寝む（同・恋歌五・読人知らず）

月の照るこんな夜は、つい来るはずのないあの人を待つ気になってしまう。いっそ、空も真っ暗に曇って雨が降ればいい。そうしたら、悲観し悲観ししながらも寝ることにしようものを。

こうしておのずから悲恋の歌の発想と題材とが固定して、その気分が変ることなく後代へと引き継がれてゆく。近代の流行歌にさえ、

日暮れになると涙が出るのよ（西条八十作詞「愛して頂戴」）
月が鏡であったなら（最上洋作詞「忘れちゃいやよ」）

というような句が世間に流布していて、われ知らず口ずさんでいることがある。それほどまでに夕暮れや月に悲傷を感ずる慣習は日本人の心理伝承の一端となって、われわれの感性を支配しているのだ。

「ながめ」の情調の浸透

恋の悲傷の題材として、もうひとつ触れずにすますことのできないのが雨だ。これも今日の歌謡曲の好題材として、

雨よ降れ降れ悩みを流すまで（野川香文作詞「雨のブルース」）

アカシヤの雨に打たれてこのまま死んでしまいたい

（水木かおる作詞「アカシアの雨がやむとき」）

ああ長崎は今日も雨だった（水田貴子作詞「長崎は今日も雨だった」）

などなど、枚挙にたえないほど思い浮べられる用例があるが、雨に慕情をそそられる点では現代の人間も王朝びとと共通したものを持っている。だが、王朝びとの憂鬱なもの思いの深さにはわれわれの想像以上のものがあるだろう。そして、その淵源ははるか古代にまで溯ることができるようで、その説明のためには少し複雑な言辞を費さなければならない。

日本列島の雨期と言えば、周知のように旧暦五月の五月雨《さみだれ》ということになるが、この時期は田の神の来臨を仰いで聖なる田植えの行われる時期だった。高天原で天照大神の聖業を妨げた須佐能男の命が天界を追放されて下ってくる姿は、青草を束ねて蓑や笠とし、折からの霖雨の中を苦しみな

がら歩き続けたと描写されているが（紀一書）、田植えの時に来る神の姿を昔の人々はそんなふうに思い描いていたらしい。それは恐ろしい神なので、人々は家に閉じ籠って物忌みに服し、謹慎の生活を続けなければならなかった。男女が媾うこともちろん禁じられていて、枕草子を見ると、「五月の御精進（さつきのみさうじ）」には天皇・皇后も別居の生活を送られている。そういう生活の中から生まれたのが「ながめ」ということばだった。

「ながめ」は単に長雨（ながあめ）の音が融合して成り立ったことばではない。長雨の時期の謹慎を意味する「ながあめいみ」の音が詰まった「ながめ忌み」の下部が省略されたとするのが折口信夫の説だ。前々章にも引いた例だが、景行記に、天皇が美濃の国の大根の王の娘たち、兄比売・弟比売が美しいという評判があるのを聞いて、皇子である大碓の命を遣わして召そうとされたところ、大碓の命は姉妹の美しさに惑って、みずからがその姉妹に媾い、ほかの女を兄比売・弟比売と称して差し出した。天皇はそれが違う女であることを見抜いて、常に「長眼《ながめ》を経《へ》しめて」媾うこともせず、たしなめられた。そういう記事がある。この「長眼」は宛て字で、「長眼を経しめ」たというのは「ながめ忌み」の状態を経験させたということだ。天皇が女たちに媾ってやることをせず、長雨忌みで男女が性欲を発散することができず、鬱屈した状態でいる、それと同じ苦しみを与えられたというのだ。この記事を見ても、すでに「ながめ」ということばが「ながめ忌み」の内容を含んでいることが理解されるが、王朝びとにとっては「ながめ」は満たされない憂鬱な気分を意味することばだった。その「ながめ」が動詞化して「ながむ」となったのが今日の眺望を意味する「ながめる」の根源なのだが、現代の「ながめる」との大きな相違は、これが恋愛語彙であり、憂鬱な気分をもってあたりを眺める、もの思いしながら視線を放っているという情調的な語彙である点だ。

思ひあまりそなたの空をながむれば霞を分けて春雨ぞ降る（新古今集・恋歌二・藤原俊成）

この歌の「ながむ」などが、まずこのことばの典型的な用法と言えるだろう。満たされぬ恋の思いにぼんやりと遠くへ視線を放っている。そのもの思いの気分を基調にしているところに「ながむ」の第一の特徴がある。もっとも、この歌では季節は春雨の時分になっているが、五月の長雨のほかに、日本の天候では春霖（菜種梅雨）と秋霖と二度の長雨がある。五月雨の「ながめ」の気分はことに春の霖雨期にも延長されて、憂鬱な季節となっている。いずれ天気が悪く、足許もよくない時期は男が通うのに適してはいない。男女がたがいに逢えぬ恋に悩まねばならない季節だ。

数々に思ひ思はず問ひがたみ身を知る雨は降りぞまされる（古今集・恋歌四・在原業平）

あれやこれやと、あなたがわたしを思っているのか、思っていないのか、こうして逢うことがないと尋ねることさえできなくて、ただただわが身のはかなさを思い知らされる雨が降りに降り続いていることです。

業平が自分の家にあずかっている女に代わって詠んでやったという詞書きが付いているが、第三章（六七頁）に紹介した藤原敏行が思いをかけた女と同じ人かと思われる。その段では男が、

つれづれのながめにまさる涙川袖のみひぢて逢ふよしもなし

と言ってきたのに対して、業平が女に代わって、

浅みこそ袖はひづらめ涙川身さへ流ると聞かば頼まむ

と答えてやるのだが、その問答でも長雨の季節のつれづれ（屈託している状態）が歌の応酬の基本的な気分になっている。長雨のために逢えないで涙を川と流している、それに濡れた袖を言って、同情を求めたのに対して涙の川が浅いから袖だけしか濡れないのでしょう。涙の川にからだごと流れるほどならあなたの誠意も分かりますが、と言い返している。和歌の上では早くから恋のための涙を雨や水に譬える習慣があって、袖が雨にびっしょりと濡れたと譬えるくらいはありきたりのこ

とで、

思ほえず袖にみなとの騒ぐかなもろこし船の寄りしばかりに（伊勢物語・第二六段）

思いがけなく、わたしの袖に湊ができて、波が騒ぐことです。もろこし通いの大船が入ってきたばっかりに。

というようなオーバーな比喩もある。涙が袖に溜ったのを湊に譬えて、そこに大船が入ってきた。波があおられて、ぐっしょり濡れてしまいましたと言うのだろう。この歌は伊勢物語では、先の敏行と業平の代作の歌のやりとりの話に付加して、その続きという形になっている本もある。

悲恋に偏る嗜好と伝統

こういうふうに涙を話題にすることが積りに積ったせいだろう。直接涙を言うよりは、逢うことのできない恋の辛さを叙述する物語の場面などでは「ながめ」の気分をもって恋のやるせなさを表現することがむしろ多くなっている。

「ながむ」ということば自身の用語例としては、有名な小野小町の

花の色はうつりにけりないたづらにわが身よに古るながめせしまに（古今集・春歌下）

花に譬えられたわたしの容色も今は衰えたことでしょう。誰もわたしを顧みようとせず、男女の仲にも疎くなってしまったという嘆きを空しく繰り返していた、その間に。

の歌に典型的な用例を残している。伊勢物語が、女に死なれた男の歌として載せている

暮れがたき夏のひぐらしながむればそのこととなくものぞ悲しき（第四五段）

なかなか日の暮れない夏の日を、一日中もの思いにふけりながら過ごしていると、どのことが特にというのではないけれど、もの悲しい気持ちが身にさし迫ってくることだ。

の「ながむ」は、物語の説明する境遇と歌自身の意味との間にどこか食い違いがあるようだが、夏の日を悲しい恋のムードに浸っている「ながむ」の気分はよく現れている。

しかし、「ながむ」という用語のあるなしに拘わらず、恋の物語の上に、長雨との関連でその気分を描写するものははなはだ多い。王朝の恋の物語の中の数多くが「ながむ」の気分をもって書かれていることは大きな特色と言えるだろう。ほんの小さな一例を挙げれば、源氏物語「蛍」の巻に兵部卿の宮が玉鬘に言い寄っているが、なかなか思わしい反応を得られないことを言う場面に、

御労《ごろう》のほどはいくばくならぬに、五月雨《さみだれ》になりぬる愁へをしたまひて

恋の御苦労がまだどれほど重なったとも言えないのに、もうすっかり涙に濡れそぼっているような恨み言を書き連ねていらっしゃって

というような一行がいかにも気のきいた言い回しとして読者の注意を引いている。和泉式部日記がながめの文学であることは先にも言ったが、おもしろいのは五月雨のつれづれの頃になると、王朝びと、ことに女性たちはそのつれづれを物語の鑑賞や制作に当てていることだ。右と同じ源氏物語「蛍」の巻には、長雨の季節を女性たちがみな物語の制作や製本・補修などに忙しく働いているという記述がある。さらに関心を引かれるのは、この時期が物語と関係深いことの自然な反映として、作品の上に「ながめ」の気分が揺曳していることだ。たとえば、堤中納言物語中の一篇「逢坂越えぬ権中納言」は天喜三年（一〇五五）五月三日に六条斎院禖子の主催した物語合せを機として書かれたことが明らかになっているが、その作中の舞台も長雨の頃を内容としている。王朝文学が「ながめ」の気分を主題とすることが多いのは、そんなところにも一因を有している。

王朝びとの恋は人間の生涯において、恋という経験を価値あるものと認識し、評価して、それを美しく経験しようと指向したばかりでない。その人生的意義をも自覚して、人間がより豊かに、より美しく生きる契機として価値づけるに至っている。近松門左衛門作の浄瑠璃『平家女護嶋《へいけにょごのしま》』は歌

舞伎芝居の舞台にもしばしばかけられるが、その鬼界が島の場面で俊寛僧都が少将成経と海女の娘との恋を聞いて、

配所に三年《みとせ》のその間、人の上にもわが上にも、恋という字の聞き初め。

と喜ぶ場面は、いかにも流人の境涯にある仲間の恋への喜びを表して印象深い。しかし、この喜びは浄瑠璃作者の創造ではない。王朝以来の恋を美しいものと容認する伝統的価値観を継承した上に生まれたものだった。

王朝びとが恋を和歌や物語と結んだことはその価値を不動のものとして日本人の精神生活を美しく保ち続けた。ただ恨むらくは、その恋はあまりに悲恋の側に偏っている。成る恋よりも成らぬ恋に悩み、逢う夜よりも待つ夜の辛さを身に沁みて感じた王朝びとの習慣が日本人の恋を悲劇的に、もの悲しい色に染め上げる結果となってしまった。日本の恋にもう少し明るい、喜びの色彩がより多く含まれていてもよかったのではないか。恋に涙するばかりでなく、笑顔を見せることがもう少し多くあってもよかったのではないか。千年を隔てて顧みて、ひそかに嘆息を漏らさざるを得ない。

あとがき

「王朝びと」ということばは『王朝びとの四季』という書物で私が使い始めて、やや世間にも用いられるようになった。王が社会の中心にあって、その周囲に王を支持し、王を仰ぎ見る人々が階層をなしている。そういう集団あるいは時代社会を「王朝」と呼ぶのは既成の用語だが、そこに生きた人々の思考や感受を実感的に感得しようとする場合、その人々をなんと呼ぶかは、決してなま易しい問題ではなかった。『王朝びとの四季』はそのことばの発見から一書の体をなすに至ったのだが、同時にこの本は私の中でいつの日か『王朝びとの恋』を執筆することを約束させていた。

季節と恋とは、二本の柱として日本人の生活を成り立たせてきた。古今集が四季の歌と恋の歌とをもって前半と後半の核心としたことが端的に示すように、この二つは今日に至るまで、われわれの生活の美的感覚を形作る基幹となっている。私の日本文学研究の入門は折口信夫先生の「いろごのみ」の解明から始まったのだから、むしろ『王朝びとの四季』以前から王朝びとの恋が大きな課題として育まれていた。『王朝びとの四季』以前に刊行が予定されていた『王朝恋詞の研究』などはその作業工程を残しているものだが、それを筋立てて『王朝びとの恋』として説くことは教室で試みたりしていながら、書物にする機会を持つことがなかった。

『王朝びとの四季』に遅れること二十年の今日、知力・体力の衰えを自覚するようになって、ようやく意を決して本書を誕生させることができたのは、大修館書店の岡田耕二さんの好意と励ましによるところが大きいが、たまたま折口信夫先生の五十年祭に際会して最初の一冊を墓前に供えることができるのは、なによりの喜びと言わなければならない。先生の学説は本書の骨髄であり、また先生の学説を解説し、これを血肉としてくださった池田弥三郎先生の学恩をも溢れるほどに含んでいる。本書の随所に先生の御著書の影響が見られるはずだ。

「王朝びと」が折口名彙「万葉びと」をヒントとしていることは誰の目にも明らかだろう。「王朝びと」はわれわれが最も王朝の気分を濃厚に感じやすい後期王朝のほうに重点を置いて用いてきたが、本書では王朝びとの恋を説くのに、いきおいその淵源に溯って、叙述が前期王朝に入り込むことが少なくなかった。しかし、恋の事象として解説の重点を置いたのは源氏物語を筆頭に、古今集・伊勢物語・蜻蛉日記・和泉式部日記など、後期王朝の諸作品に集中している。ことに源氏物語については、恋の論理に関して深く踏み込まずにはおかれないので、数年前世に問うた『知られざる源氏物語』と相補って、おのずから私自身の源氏理解の主張を展開している。なお、諸作品の引用はおおむね日本古典文学大系（旧版）の本文に拠っているが、用字は自己の理解に従った。

おそらく本書を最後として、今後一冊の本を書き下ろす力量はもはや私には残されていないと思われる。昭和の年数とともに齢を重ねてきた私に、この本に注ぐだけの余力を保たしめた運命の幸いと、その間私を支え、励ましを与えられた周辺の厚情に心からの感謝を捧げて、本書の閉じめとしたい。

西村　亨

二〇〇三年七月

[著者略歴]

西村　亨（にしむら　とおる）

一九二六年東京の生まれ。慶応義塾大学文学部卒業。国文学を専攻。在学中から折口信夫に師事し、古代学の継承と王朝の和歌・物語の研究に努める。慶応義塾中等部教諭を経て、一九七〇年大学文学部に移籍。七四年教授。八〇年文学博士の学位を取得。八九年退職して、名誉教授となる。

著書に『歌と民俗学』（六六年岩崎美術社）『王朝びとの四季』（七二年三彩社、七九年講談社学術文庫）『王朝恋詞の研究』（七二年慶応義塾大学言語文化研究所）『旅と旅びと』（七七年実業之日本社）『新考王朝恋詞の研究』（八一年桜楓社）『折口名彙と折口学』（八五年桜楓社）『折口信夫とその古代学』（九九年中央公論新社）等がある。

大修館書店の刊行物では『折口信夫事典』（八八年）の編著、『知られざる源氏物語』の著書があるほか、『日本語講座』（七六年）『世界なぞなぞ大事典』（八四年）『日本語百科大事典』（八八年）『世界ことわざ大事典』（九五年）に執筆している。

王朝《おうちょう》びとの恋《こい》

NDC914　258p　20cm

初版第一刷――二〇〇三年九月一〇日

著者――西村《にしむら》　亨《とおる》

発行者――鈴木一行

発行所――株式会社大修館書店
〒一〇一-八四六六　東京都千代田区神田錦町三-二四
電話03-3295-6231(販売部)
03-3294-2352(編集部)
振替00190-7-40504
[出版情報] http://www.taishukan.co.jp

装丁者――井之上聖子

印刷――文唱堂印刷

製本――牧製本

ISBN4-469-22161-9　Printed in Japan

詩歌の森
日本語のイメージ
渡辺秀夫 著
四六判 三七〇頁
本体二、四〇〇円

説話の森
天狗・盗賊・異形の道化
小峯和明 著
四六判 三二八頁
本体二、二〇〇円

昔話の森
桃太郎から百物語まで
野村純一 著
四六判 三二八頁
本体二、五〇〇円

神話の森
イザナキ・イザナミから羽衣の天女まで
山本節 著
四六判 五六〇頁
本体三、五〇〇円

神話の海
ハリマオ・禅智内供の鼻・消えた新妻
山本節 著
四六判 三七〇頁
本体二、四〇〇円

語られざるかぐやひめ
昔話と竹取物語
高橋宣勝 著
四六判 三二二頁
本体二、〇〇〇円

2003年7月現在